KB216907

SPEED

SPEED

초판 1쇄 발행 2024년 3월 30일

지 은 이 가네시로 가즈키
옮 긴 이 양억관
펴 낸 이 한승수
펴 낸 곳 문예춘추사

편 집 이상실
디 자 인 박소윤
마 케 팅 박건원, 김홍주

등록번호 제300-1994-16
등록일자 1994년 1월 24일
주 소 서울특별시 마포구 동교로 27길 53, 309호
전 화 02 338 0084
팩 스 02 338 0087
메 일 moonchusa@naver.com

I S B N 978-89-7604-611-6 03830

SPEED

21th
ETSEI
FESTIVAL

가네시로 가즈키 지음
양억관 옮김

문예춘추사

지금 내 앞에는 가증스런 적이 서 있다.

적은 오른손에 검게 빛나는 무기를 들고 엷은 미소를 머금은 채 나를 노려본다.

내가 믿었던 박순신은 그 무기에 당해 발아래 쓰러져 있고, 내 등뒤에 서 있는 미나가타는 적의 기세에 눌렸는지 그 자리에 얼어붙어 버렸다.

적이 내 쪽으로 한 걸음 다가선다.

나와의 거리가 2미터 정도로 가까워졌다.

적이 오른손에 든 무기를 얼굴 앞으로 치켜들며 차가운 목소리로 말했다.

"관계하지 않았으면 좋았을 텐데, 후회스럽지?"

후회 따위 절대로 안 해.

그렇지만 한순간이나마 그런 생각을 한 것만은 분명하다.

어떡하다 이런 꼴이 되어버렸을까?

한 달 전만 해도 나는 집과 학교를 오가는 아주 평범한 여고생이었다.

순간적인 흔들림을 알아차렸는지 적은 입가에 경멸 섞인 미소를 머금었다.

아, 자존심 상해.

그러나 저 웃음을 지워버릴 방법이 내게는 없다.

적의 얼굴에서 스르르 웃음기가 벗겨져 나가더니 공격 대상을 조준하는 날카로운 눈매가 바늘처럼 내 얼굴을 찔렀다.

시간이 멈추었다.

소리가 사라지고 내가 바라보는 세계는 일시 정지 버튼을 누른 듯 움직임을 멈추었는데, 내 두 다리만 가늘게 떨렸다.

정말 어떡하다 이런 꼴이 되어버렸을까?

마침 잘됐다.

시간이 멈춘 동안 내가 왜 이런 지경에 빠지고 말았는지 처음부터 차근차근 생각해 보자. 사람은 죽을 때가 되면 한순간에 과거의 모든 사건이 주마등처럼 머릿속에 떠오른다고 하지 않는가.

혹시 모르니까 한마디 해 두자.

지금부터 내가 하고자 하는 이야기는 내가 태어나서 처음 겪어본 모험담이다.

1

모험의 시작을 알린 것은 공사장 소음과 오페라 아리아였다.

좀 더 자세히 말하자면 11월 첫째 주 수요일 아침. 나는 집 근처 아파트 공사장 소음과 엄마가 요즘 문화센터에서 배우기 시작한 오페라 아리아를 들으며 눈을 떴다.

덧붙여서 12층 높이로 설 예정인 아파트는 일조권 문제로 주민들의 반대운동에 맞닥뜨렸고, 엄마가 노래하는 아리아는 〈나비부인〉의 '어느 맑은 날에'인데, 누가 들어도 그것은 어두운 골목길에서 팬티만 걸친 치한을 만난 여자가 내지르는 비명에 가까웠다. 나는 오늘 아침에 처음으로 그 소음과 아리아를 들었다. 둘 다 '공해'라 불러도 별 지장이 없는 수준이었다.

눈을 가늘게 뜨고 머리맡의 자명종 시계를 보았다. 아침 열 시를 막 지나는 순간이었다. 평소라면 벌써 학교에 가 있을 시간이다. 어제 2학기 중간고사를 마쳐 오늘 하루는 자유수업이라 출석을 확인하지 않으니까 오랜만에 집에서 잠이나 푹 자려고 알람도 설정해 두지 않았다.

살며시 눈을 감고 마음속으로 중얼거렸다.

'하느님, 제발 부탁이에요. 이 불쾌한 소음을 지워 주시고 나를 다시 잠들게 하소서.'

그러나 신은 내 기도를 무시했고 소음과 아리아는 더욱 격렬해졌다.

신 같은 건 없다. 산타클로스도 마찬가지. 기적은 일어나지 않아. 안다고. 난 벌써 열여섯이니까.

그러고 보니 내가 학교에 있는 동안 이 방안에서는 공사장 소음과 아리아가 소용돌이쳤으리라. 좀 웃긴다는 생각이 들었다. 평소보다 고작 세 시간 더 잤을 뿐인데, 생각지도 않은 다른 세계의 존재를 알게 된 것 같은 기분이다. 너무 비약이 심했나?

눈을 화들짝 뜨고는 침대에서 일어나 힘차게 커튼을 젖혔다.

자, 이제부터 세 시간 늦은 하루를 시작해 볼까.

세수를 하고 머리를 매만지고 교복을 입고 2층 방에서 아래

층 부엌으로 내려가 토스트에 잼을 발라 먹고, 오렌지주스 한 잔 마신 다음 거실로 나아갔다.

엄마는 오디오 앞에 서서 스피커에서 흘러나오는 마리아 칼라스의 노랫소리에 맞추어 열심히 비명을 질러댄다. 내가 뒤에서 등을 툭 치자 깜짝 놀란 듯 몸을 부르르 떨더니, 사람 놀라잖아! 라며 미간을 찌푸렸다.

"오늘 쉬는 날이잖아. 더 자지 왜."

나는 짜증을 낼까 말까 잠시 망설이다가 귀찮으니 그만두자는 결론에 이르렀다.

"잠깐 나갔다 올게."

"어디 가는데?"

"학원 가서 겨울방학 과제물 받아 와야 해."

"아직 1학년인데 너무 공부에만 신경 쓰지 마."

나를 배려해서 하는 말이긴 하지만 엄마는 공부에 열성적인 내 태도를 기꺼워한다.

"응, 알아. 그렇지만 친구들도 다 그러는데 뭘."

"그렇구나. 그래도 무리 가지 않을 정도로만 해."

엄마는 그렇게 말하며 웃더니, 갑자기 생각난 듯 덧붙였다.

"오늘은 우에하라 씨가 오는 날이니까 늦지 않도록 해."

'우에하라 씨'는 일류 사립대학 4학년으로, 내 가정교사다.

고등학교에 들어가자마자 일주일에 두 번, 벌써 6개월 넘게 날 가르친다. 나는 '우에하라 씨'가 아니라 '아야코 언니'라 부른다. 아야코 언니는 예쁜 데다 머리도 좋고, 품위 있고 상냥하여, 내가 동경하는 여성상이다.

"걱정하지 마. 곧장 돌아올 테니까."

내 말에 엄마는 푸근한 표정을 지으며 고개를 끄덕였다.

"그럼 다녀올게."

현관에서 신발을 신는데 엄마가 다시 비명을 지르기 시작했다. 엄마는 매년 11월이 되면 반드시 뭔가 새로운 것을 시도한다. 이를테면 재작년에는 '주부를 위한 호신술', 작년에는 '불상 조각' 교실에 다녔다. 얼마 전에 엄마한테 그 이유를 물어보았더니 가을은 뭔가를 새로 시작하고 싶어지는 계절이잖니, 라는 모호한 대답이 돌아왔다. 그 말대로 가을이 지나고 겨울이 시작될 즈음이면 아무렇지도 않게 배우던 걸 그만둔다.

엄마의 비명에 떠밀려 집을 나섰다.

'아파트 건설 절대 반대!', '대자본의 폭거를 허락할 수 없다!', 그런 구호를 휘갈겨 쓴 깃발이 바람에 나부끼는 공사현장 앞을 지나 역으로 향했다.

아빠는 깃발에 적힌 문구의 의미에 대해 이렇게 설명했다.

"뒤에서 선동하는 사람이 있는 거야. 보상금을 많이 받으려고 말이야. 세상은 그렇게 움직여."

아빠는 기분이 좋을 때면 이 세상이 어떻게 돌아가는지 그 시스템에 대해 즐겨 이야기해 준다. 하지만 나는 그럴 때의 아빠 얼굴이 그리 마음에 들지 않는다. 회사 자랑을 할 때도. 아빠는 일류 대기업이란 데를 다닌다.

역에 도착해 신주쿠 방향으로 가는 전철을 탔다.

아침 러시아워와는 달리 차 안은 텅 비었다. 내가 탄 칸에는 승객이 대여섯 명뿐이었다. 맨 끝자리에 앉아 창밖으로 흘러가는 경치를 멍하니 바라보는데, 차량 구석에서 감색 양복 차림의 비쩍 마른 아저씨가 걸어와 내 옆에 앉았다. 이렇게 빈자리가 많은데 내 옆에 찰싹 달라붙어 앉다니 좀 이상하다. 살짝 겁이 나기도 했지만 동요하는 기색을 내보이지 않으려고 깊이 숨을 들이켰다.

내가 다니는 여고는 꽤 유명한 편이라 우리만 노리는 전문 치한이 있다는 소문이 떠돌았다. 나는 괜히 교복을 입었나 후회했다. 세일러복 가슴께에 자수로 'Σ'를 새겼는데, 이런 그리스 문자를 학교 마크로 삼는 곳은 우리 학교 정도여서 금방 눈에 띈다. 'Σ'를 알파벳으로 바꾸면 'S', 'sacred(신성한)'의 첫 글자라고 한다. 입학식 때 그런 설명을 듣고서, 알기 쉽게 알파벳

'S'로 하면 될 텐데, 하는 생각이 들었다.

다음 역이 가까워졌다. 내가 내릴 역은 아니었지만 긴급피난을 위해 내리기로 결정하고 마음의 준비를 갖추었다. 하나, 둘, 셋, 속으로 헤아린 다음 일어설 생각이었다. 역이 가까워지고 전차의 스피드가 갑자기 떨어지기 시작했다. 마음속으로 하나, 하고 외치는데 옆자리에서 손이 뻗어 나와 내 왼손을 꼭 잡는 게 아닌가. 내 몸은 반사적으로 부르르 떨며 그냥 얼어붙고 말았다. 너무 놀라서 소리도 못 지르고 고개도 돌릴 수 없었다. 전차가 마침 터널을 지나는 참이라 건너편 창에 그 아저씨와 내 상반신이 비쳤다. 아저씨는 표정 없이 그냥 앞만 바라보았다. 손에 힘이 바짝 들어갔으나 그것 말고는 딱히 내게 위해를 가할 것 같은 분위기는 아니었다.

전차가 역에 도착하고 문이 열렸다. 하지만 나를 잡아두려는 듯한 손힘에 눌려 나는 내릴 시점을 놓치고 말았다. 나는 그 자리에 풀처럼 달라붙었다. 젊은 회사원이 타는 것을 보고 힘껏 소리쳐 도움을 청할까 하다가 체념해 버렸다. 젊은 회사원은 나와 아저씨를 힐끔거리더니 서로 손을 잡은 것을 확인하고는 더러운 것을 보기라도 한 듯한 눈길로 내 얼굴을 살폈다. 문이 닫히고 다시 전차가 움직이기 시작했다.

결국 아저씨는 역 세 곳이 지나는 동안 내 손을 잡은 채였다.

세 번째 역에 도착하기 직전에 아저씨는 손을 놓고 자리에서 일어나 내 앞에 섰다. 쉰 살쯤 되어 보이는 아저씨의 얼굴 여기저기에 깊은 주름이 새겨져 있고, 피로에 전 듯했다. 눈가에는 슬픈 기운이 감돌았다.

몸을 움츠리는 나를 보고 아저씨는 깊은 눈길을 던지며 중얼거렸다.

"미안해……."

내가 말이 없자 아저씨는 어쩔 줄 몰라 하며 한숨을 내쉬더니 양복 주머니에서 지갑을 꺼내 헤아려 보지도 않고 적당히 지폐를 집어 내 손바닥에 짓누르듯이 올려놓았다.

전차가 멈추고 문이 열리자 아저씨는 한 번 더 슬픈 눈길로 나를 보고는 도망치듯이 전차에서 내렸다.

전차가 다시 움직이고 잠시 동안 내 왼손에는 그 아저씨의 온기가 남아 있었다.

학원에 갈 기분이 아니라 무작정 신주쿠 거리를 걸었다. 책이라도 뒤적이며 기분전환을 할 양으로 대형서점에 들어가 눈에 띄는 잡지나 책을 들춰 보았지만 글자가 눈에 들어오지 않았다. 전차에서 받은 충격이 아직 남아 있었던 데다 주머니에 든 5만 엔이 너무 무거워서 어쩔 줄 몰랐기 때문이다.

여성지 코너에 서서 크게 숨을 들이쉰 다음 오늘 안으로 돈을 다 써버리기로 마음먹고 읽고 싶은 책을 찾으려고 서점 안을 둘러보았다. 한 시간이나 헤매다가 학습참고서 코너 앞에 섰지만, 지금 당장 읽고 싶은 책을 찾지 못했다.

빈손으로 서점을 나와 근처 CD 가게로 들어갔다. 아빠 엄마가 듣는 클래식 말고는 거의 음악을 듣지 않는 나였지만 기분전환이 될 만한 CD를 사서 들어보기로 했다. 그렇지만 가게 안에 진열된 엄청난 양의 CD를 보고 그만 질려버리고 말았다. 선택지가 너무 많았다. 내가 찾는 해답은 하나 아니면 둘인데.

잠시 하릴없이 진열대 사이를 오갔다. 재즈, 블루스, 레게, 록, 다들 어색한 표정으로 나를 외면한다. 적당히 한 장만 고르면 그만인데 그걸 못하는 내가 너무 한심하고, 쓸데없이 시간을 낭비한다는 느낌이 들어 포기한 채 가게를 나서려 했다.

출구로 이어지는 록 진열대 앞을 지나는데 초등학생으로 보이는 뒷머리가 조금 긴 소년 하나가 CD 한 장을 들고 쭈그리고 앉아 있다. 길이 막혀 우뚝 멈춰 섰다. 남자애는 나를 느끼지 못한 듯 무서운 표정으로 CD 재킷을 뚫어져라 바라보다가 벌떡 일어나 진열대에 다시 꽂아 놓은 다음, 바지 주머니에서 얇은 지갑을 꺼내 안을 들여다보았다. 나는 옆에서 CD를 찾는 척하면서 남자애를 곁눈질로 살폈다. 남자애는 한숨을 내쉬었다. 뭔가 망설이는 눈치다. 남자애는 지갑을 왼손에 들고 오른손으로 다시 한 번 CD를 집어 재킷을 살폈다. 아마도 CD를 사고 싶은 모양이다. 그러나 그것을 사버리면 용돈이 다 날아갈 지경일 것이다. 나는 기도하는 기분으로 남자애를 살폈다. 남자애가 CD를 들고 일어섰을 때, 나는 속으로 좋았어! 하고 외쳤다. 그 외침이 들렸을지도 모른다. 남자애는 내 얼굴을 바라보았다. 내가 미소를 짓자 겸연쩍은 듯이 고개를 숙이고 황망히 카운터 쪽으로 걸어갔다. 남자애의 눈이 너무나 맑았다.

백화점 지하 식료품 매장에 가서 6천 엔짜리 초콜릿 세트를 사서 돌아가는 전차를 탔다.

초콜릿을 같이 먹으며 아야코 언니에게 오늘 하루 동안 일어난 일을 이야기할 생각이다. 공사장 소음과 오페라 아리아, 내가 없는 동안 내 방에서 소용돌이칠 소리에 대해. 태어나서 처음으로 남자의 욕망에 가득 찬 손에 포획된 일. 아저씨의 슬픈 눈빛에 대해. 그리고 읽고 싶은 책과 듣고 싶은 CD를 찾지 못한 채 잠시 혼란에 빠졌던 일. 초등학생 남자애의 맑은 눈빛에 대해. 아마도 아야코 언니는 내 말에 귀를 기울여 줄 테고, 적절한 충고를 해 줄 테고, 오늘 하루 사이에 아주 조금 뒤틀려 버린 내 세계를 원래 모습으로 되돌려 줄 것이다.

집에 돌아와 준비를 하고 아야코 언니를 기다리는데 전화가 왔다.

"오늘 컨디션이 안 좋아서 좀 쉬고 싶어."

조금 맥이 빠졌지만 어쩔 수 없는 일이다.

전화 저편에서 무거운 침묵이 흘렀다. 휴대폰 전파 상태가 나쁜가 싶어 여보세요, 하고 불러보았다. 침묵이 이어졌다. 여보세요.

아야코 언니의 숨소리가 들렸다. 한숨 소리 같았다. 그리고 꺼질 듯이 약한 목소리가 이어졌다.

"……미안해."

"무슨 일이라도 있어요?"

"오늘 못 가서 미안해."

"괜찮아요. 마음에 두지 마세요."

나는 밝은 목소리로 말했다.

"약속한 거 잊지 않았으니까."

아야코 언니의 목소리가 아까보다는 조금 밝아졌다.

아야코 언니는 내게 약속한 게 있다.

"기다릴게요."

"응, 다음 주에 봐."

"네, 안녕히 계세요."

"응, 안녕."

그날 밤 나는 자정 전에 잠자리에 들었다. 그리고 자명종 시계를 일곱 시에 맞춘 다음, 아주 쬐끔 뒤틀려버린 세계의 기억을 가슴에 품고 스르르 잠이 들어 기묘했던 세 시간 늦은 하루와 작별했다.

난 아무것도 몰랐다.

앞으로 아주 쬐끔이 아니라 나를 둘러싼 세계가 마구 뒤틀려버린다는 것을.

아야코 언니가 그때는 이미 이 세상 사람이 아니었다는 것을.

2

11월 둘째 화요일, 나는 짜증스런 기분을 억누르며 교실 책상에 앉아 있었다.

하루의 마지막 홈룸 시간. 교단에서 초 올드미스 난다가 엄숙한 눈길로 우리를 내려다본다. 교탁 위에는 어떤 소녀 만화 단행본이 놓여 있었다. 반 아이 하나가 친구에게 빌려주려고 가져왔다가 갑작스런 소지품 검사에 걸리고 만 것이다. 그리고 만화에 나오는 키스신 때문에 문제가 커지고 말았다. 그 만화를 가지고 온 애는 교무실 옆 '상담실'에 격리되어 부모가 오기를 기다려야 했고, 교실에 남은 우리는 왜 이런 얼토당토않은 일이 일어났을까를 반성하는 처지였다.

홈룸은 한 시간 가까이 계속되었다. 나는 가야 할 곳이 있다. 약속 시간이 점점 가까워져 짜증도 나고 초조하기도 했다.

"여러분."

난다가 깡마른 목소리로 말했다.

"우리 학교의 교육이념을 생각해 보세요. 정직, 성실, 산뜻한 품성, 사랑과 정의와 평화를 위한 봉사. 그런 우리 학교에 이런 저질 만화를……."

'키스신이 나오는 만화를 보면 정직도 성실도 품성도 사랑도 정의도 평화도 없어진다는 건가요?'

나도 모르게 소리 내어 그렇게 물을 뻔했다. 보통 이런 우스꽝스러운 상황이 벌어지면 그 순간부터 사고를 정지하고 멍하니 다른 생각을 하는데 오늘은 그럴 기분이 아니었다. 지난주 수요일 아야코 언니가 죽은 이후로 나는 뭐라 말할 수 없는 응어리 같은 것을 끌어안은 채 신경을 잔뜩 곤두세워 왔다. 난다가 매일 같은 감색 양복 차림으로 나타나면 무작정 화가 치밀어 오르는 것이었다.

문득 장례식 전날 유해를 지키며 같이 밤을 새웠던 어머니 얼굴이 떠올랐다. 슬피 울었다. 그렇게 슬피 우는 사람은 태어나서 처음 보았다. 내가 그 어머니 입장이었다면 어떤 감정을 품었을까? 딸이 갑자기 건물 아래로 뛰어내려 자살해 버렸다는 사실에 대해서.

갑자기 아야코 언니의 몸이 땅바닥에 떨어지는 모습이 떠올라 황급히 머리를 흔들어 영상을 떨쳐 냈다.

"오카모토!"

갑작스런 난다의 목소리에 놀라 나는 어깨를 부르르 떨었다.

"예!"

나는 반사적으로 대답했다.

"무슨 할 말이라도 있나요?"

"……머리가 좀 아파서요."

나는 거짓말을 했다.

"양호실, 가고 싶어요?"

나는 고개를 저으며 괜찮습니다, 하고 대답했다.

난다는 가볍게 고개를 끄덕이고는 우리를 둘러보며 말했다.

"오늘은 이 정도로 하겠어요."

나는 작게 안도의 한숨을 내쉬었다.

내 작은 한숨 소리를 들었는지 난다는 다짐을 하는 듯한 어투로 말했다.

"우리 학교의 품위를 손상하는 행동을 하지 않도록 늘 주의해 주세요. 알았나요?"

학교를 바람처럼 빠져나와 전철을 두 번 갈아타고 미나토

구에 있는 에세이 대학 역에 내렸다.

약속 시간보다 15분 늦게 개찰구를 나와 카페까지 전속력으로 달렸다.

역에서 3백 미터 떨어진 곳에 있는 카페 문을 열고 맨 구석 자리에 앉은 나카가와를 확인하면서 안으로 들어섰다. 나카가와도 나를 알아보고 크게 손을 흔들었다.

나카가와 옆에 서자마자 나는 고개를 숙여 늦은 데 대해 사과했다.

"늦어서……죄송합니다……."

숨이 가빠 말이 끊어져 나왔다.

"그렇게 서두르지 않아도 되는데."

그러면서 나카가와는 상냥하게 웃어 보였다. 안경 너머의 눈동자가 따스하다.

"좀 앉지."

"예."

나는 고개를 끄덕인 다음 가방을 의자 옆에 두고 나카가와 건너편 자리에 앉았다.

윤기 나는 검은 머리카락을 뒤로 넘겨 묶은 웨이트리스에게 카페오레를 주문했다.

"여기까지 오는 데 헤매지는 않았겠지?"

나카가와가 물었다.

“예. 지난번에 아야코 언니랑 대학에 온 적이 있었는데 그때도 우연히 이 카페에 들어왔었거든요.”

아야코라는 이름이 나오자 나카가와 얼굴이 조금 흐려졌다.

“나카가와 씨와 처음 만난 것도 그때였죠.”

내가 그렇게 말하자 나카가와는 응, 그랬었지, 하며 내가 오기 전에 시켜 둔 커피잔을 들었다.

석 달 전 어느 날, 나와 아야코 언니는 여름방학을 맞이하여 사람이 거의 없는 대학 캠퍼스를 거닐었다. 매미가 건물 벽에 달라붙어 큰소리로 울어댔다. 여름 햇살에 반짝반짝 빛나는 하얀 셔츠를 입은 아야코 언니는 이따금 눈을 가늘게 뜨고 하늘을 올려다보았다. 산책을 한 다음 우리는 맛있는 이탈리아 요리를 먹으러 갔다. 그날은 내 생일이었다. 나카가와 씨는 산책하는 도중에 캠퍼스에서 우연히 만나 아야코 언니에게 간단히 소개를 받았다. 나카가와와 아야코 언니는 법학부 동급생으로 1학년 때부터 친구 사이라고 했다. 아야코 언니는 나카가와를 정말 믿음직스러운 사람이라고 말했다.

나카가와가 커피잔을 테이블에 내려놓고 말했다.

“지금부터 가나코 짱, 아, 미안, 가나코 짱이라고 불러도 될까?”

짱이라고 불리는 걸 별로 좋아하지는 않았지만 나카가와가 나를 그렇게 부르는 게 싫지는 않아서 괜찮다고 대답했다. 나카가와는 익살스런 표정으로 땡큐, 하고 말을 이었다.

"가나코 짱이 오기 편한 곳으로 내가 갔으면 좋았을 텐데, 하필 지금이 좀 바쁜 때가 돼나서, 미안해."

나도 모르게 물었다.

"왜 그렇게 바쁘세요?"

나카가와에게는 사람을 편안하게 하는 어떤 자력 같은 것이 있었다.

나카가와는 덤덤한 표정으로 대답했다.

"내가 이번 달 24일부터 열리는 축제 위원장이거든. 우리 대학 축제는 규모가 장난이 아니라서 할 일이 너무 많아. 그래서 거의 집에도 못 들어갈 형편이야."

나카가와 얼굴에서 쓴웃음과 함께 피곤함이 배어 나왔다. 그렇다. '에세이 축제'는 매년 뉴스에 소개될 정도로 유명해서 나흘 동안의 축제에 수만 명이 참가한다는 말을 들은 적이 있다.

나카가와는 피로를 떨쳐내려는 듯 톤을 한껏 높인 힘찬 목소리로 말을 이었다.

"나에게는 대학생활의 마지막 행사이고, 곧 졸업할 4학년에게 좋은 추억을 만들어 주고 싶으니까 쓰러져 일어나지 못하는 한이 있어도 반드시 성공적으로 끝낼 생각이야."

말 한 마디 한 마디에 성실함이 뚝뚝 배어 나왔다. 아야코 언니가 나카가와를 신뢰한 이유를 알 것 같았다.

웨이트리스가 카페오레 두 잔을 테이블에 올려놓았다.

카페오레 잔을 집어 들면서 문득 떠오르는 게 있어 말했다.

"그래서 명함을 만든 거네요."

나카가와는 감탄했다는 듯 미소를 지으며 센스가 대단하다고 칭찬해 주었다. 아야코 언니의 장례식 전날인 일요일 밤에 만난 나카가와는 침울한 표정으로 앉아 있는 나를 보고는 어려운 일이 있으면 언제든 의논 상대가 되어 주겠노라고 하면서 이름과 전화번호, 이메일 주소가 적힌 명함을 건네주었다. 그리고 내가 그다음 날 전화를 걸어 오늘 이렇게 만나게 된 것이다.

"스폰서를 확보하고 팸플릿에 광고를 실어줄 기업들을 찾아다녀야 하니까 명함은 꼭 있어야 해. 그러니까 나는 축제 위원장이라기보다 영업부장이라는 편이 더 맞을 거야."

나카가와가 익살스러운 어투로 말을 하는데 테이블 위에 놓인 휴대폰이 울렸다. 착신 멜로디는 바그너의 '발퀴레의 기행'이었다. 나카가와는 액정화면을 확인한 다음, 버튼을 눌러 바그너의 선율을 지워버렸다.

"미안하지만 시간이 그리 많지 않아. 의논할 게 뭐지?"

나카가와는 휴대폰을 테이블 위에 내려놓으며 물었다.

나는 카페오레 잔을 테이블 위에 올려두고 등을 쭉 펴면서 말했다.

"아야코 언니 말이에요."

나카가와 표정이 다시 굳어졌다. 당연하다. 아야코 언니가 죽은 지 아직 닷새밖에 안 지났으니까. 그렇기 때문에 나는 반드시 말을 해야만 했다.

"아야코 언니는 자살을 한 게 아닌 것 같아요."

나카가와 얼굴에서 놀라움이 아닌 짙은 피로가 떠올랐다. 나카가와는 길게 한숨을 내쉬고 말했다.

"지금 대학이 얼마나 어수선한지 몰라. 비열한 기자 놈들이 무슨 건수는 없나 하고 사방을 들쑤시고 다녀. 하기야 저널 쪽에서는 그럴 수밖에 없을 테지. 미인에다 머리 좋은 여대생이 건물에서 뛰어내려 죽었으니 기삿감으로 그보다 더 좋은 게 어디 있겠어."

날이 선 듯한 어투에 놀라 나는 입을 다물어버렸다. 그러자 나카가와가 미안해하는 표정을 지으며 말을 이었다.

"미안, 나도 모르게 화가 치밀어서. 사실은 아야코 사건 때문에 축제가 중단될 위기에 처했어. 우리 쪽에서는 어떻게든 축제를 열어보려고 애를 쓰고는 있지만……."

나카가와 입장을 모르는 건 아니지만 나로서는 대학 축제보다 아야코 언니가 더 중요하다. 나는 짧게 숨을 몰아쉬고 무거운 기분을 떨쳐내며 말했다.

"장례식이 좀 늦어진 것도 경찰조사 때문이라고 들었어요."

"그건 아닐 거야. 검시 때문이었어. 부자연스러운 죽음에는 항상 따라다니는 절차니까."

"잘 아시네요."

"이래 봬도 법대생이니까."

아야코 언니의 장례식은 당분간 집행되지 않을 것이다. 아야코 언니 어머니가 딸의 자살을 인정하지 않기 때문이다. 그건 나도 마찬가지이다.

"아무튼 난 절대로 자살은 아니라고 생각해요. 만일 누군가가 이의를 제기하지 않으면 이대로 그냥 묻혀버릴 것 같아서……."

나카가와는 내 눈을 빤히 들여다보며 말했다.

"가나코 짱은 왜 자살이 아니라고 생각하지? 무슨 확실한 증거라도 있어?"

"확실한 증거는 없지만……."

"그럼 왜?"

"아야코 언니와 약속한 게 있거든요. 아야코 언니는 자신이 한 약속도 안 지키고 자살할 사람은 아니라고 믿어요. 아야코 언니는 지키지 못할 약속은 절대로 안 하니까요.”

나카가와는 당혹스러워했다.

“미안하지만 나로서는 뭐라고 대답할 말이 없어. 가나코 짱과 내 눈에 비친 아야코의 이미지는 서로 다를 테니까.”

‘눈에 비친’이라는 과거형 어투가 신경에 거슬려 내 목소리가 좀 높아졌다.

“아야코 언니는 상대에 따라 성격을 달리할 그런 사람이 아니에요. 절대!”

나카가와는 안경을 벗고 눈두덩을 가볍게 주무르면서 물었다.

“그런데 약속이란 게 뭐지?”

“그건…….”

“말하기 힘들어?”

내가 말을 할까 말까 망설이자 나카가와는 깊고 깊은 한숨을 내쉬었다.

“이런 말은 좀 뭣하긴 한데, 만일 자살이 아니라면 대체 그 죽음은 뭐라고 생각해?”

“……누가 밀었다든지.”

“누가, 그게 누군데?”

"……."

"가나코 짱의 기분을 모르는 건 아니지만 그렇게 생각하는 것 자체가 아야코의 명예에 상처를 주지 않을까. 우리만이라도 아야코를 조용히 보내주는 게 어떨까."

나는 나카가와의 말을 가로막으며 말했다.

"나, 알아요."

"뭘?"

"아야코 언니가 불륜관계로 고민했다는 걸요."

나카가와 얼굴에 복잡한 표정이 떠올랐다.

"그거 정말이니? 나는 그렇게 안 보이던데."

"나카가와 씨는 왜 그렇다고 생각하는 건가요?"

"아야코와 함께 공부하고 사이도 좋아서 서로 많은 대화를 나누었어. 그런데 아야코가 그런 말을 한 적도 없었고, 또 그런 눈치를 내비치지도 않았으니까."

"남자 친구에겐 말하기 힘들었을지도 몰라요."

"이건 아야코의 명예를 위해서 물어보는 건데."

나카가와는 진지한 눈길로 나를 바라보며 말했다.

"아야코가 불륜을 저질렀다는 증거라도 있니?"

내가 고개를 끄덕이고 발밑에 둔 가방을 들어 안에서 그 증거물을 꺼내려는데 다시 발퀴레가 울렸다. 나카가와는 휴대폰

액정화면을 보며 가볍게 혀를 차더니 잠깐 실례, 하고 자리에서 일어나 카페 밖으로 나갔다.

5분 정도 지나 나카가와는 자리로 돌아왔다. 나카가와의 표정은 아까와 달리 밝았다. 다만 눈길로 조금 차가워진 것 같은 느낌은 들었다. 나라는 존재가 부담스러운지도 몰랐다.

나카가와는 미간을 찌푸리며 식은 커피로 목을 축이고 나서 말했다.

"그래서, 그게 뭔데?"

나는 가방 안에서 '증거'를 꺼내려다 그만두고 그냥 아무것도 아니라고 말했다. 나카가와는 잠시 침묵을 지키더니 손목시계를 보며 말했다.

"경찰이 입을 다물라고 해서 말은 하지 않았지만, 사실은……."

"뭔데요?"

"아야코가 뛰어내렸을 때, 나, 거기 있었어."

"에?"

"그날 아야코와 나는 다니무라 교수에게 졸업논문을 지도받았는데 웬일인지 아야코가 멍한 표정이라서 왜 그러나 하고 생각했지. 그런데 아야코가 갑자기 창 쪽으로 걸어가더니 창문을 열고 우리 쪽은 돌아보지도 않고……."

나카가와는 더는 이야기를 하는 게 괴로운 듯 입을 다물더니 고개를 푹 꺾었다.

"미안해요. 난 그것도 모르고."

나카가와는 얼굴을 치켜들고 말했다.

"괜찮아. 가나코 짱의 마음은 충분히 알고도 남아. 나도 아야코 짱에게 불륜 상대가 있었고, 그놈이 아야코 짱이 귀찮아져서 창밖으로 밀쳐 냈다고 한다면 적이 누구인지 확실히 알 수 있으니까 이렇게 괴롭지는 않을 거야. 그런데 아야코는 나에게 영원히 해결할 수 없는 수수께끼를 남긴 채 그냥 가버렸어."

나는 나카가와를 바라보던 시선을 거의 바닥을 드러낸 카페오레 잔 쪽으로 옮겼다. 내 경솔한 태도가 미웠다.

"어쩌면 아야코는 이루어질 수 없는 사랑을 했는지도 몰라. 그래서 고뇌했을 수도 있어. 그렇지만 아야코의 죽음은 어김없는 자살이었어. 신에게 맹세할 수 있어. 그건."

신 따위는 없다. 그렇지만 나카가와의 말을 믿기로 했다. 나는 나카가와를 똑바로 쳐다보며 말했다.

"잘 알았습니다. 바쁘신데 귀찮게 굴어서 죄송해요."

나카가와는 미소를 머금고 고개를 가로저었다.

"마음에 두지 마. 에세이 축제가 끝나면 천천히 이야기하도록 해. 그렇지. 에세이 축제에 놀러오는 게 어때. 아야코를 추도하는 뜻에서. 나도 열심히 할 생각이야. 그런 의미에서라도 축제가 중지되지 않도록 기도해 줘."

고개를 끄덕이며 자리에서 일어서려는데 나카가와가 제지했다.

"커피 한 잔 더 마시고 싶은데 그때까지만 같이 있어 줄 수 있겠니?"

나는 고개를 끄덕이고 다시 자리에 앉았다.

커피 리필을 주문한 다음, 나카가와는 한마디도 하지 않고 테이블 위에 놓인 휴대폰 쪽으로 자주 시선을 던졌다. 침묵이 너무 어색해서 내가 입을 열었다.

"나카가와 씨는 대학을 졸업하면 뭘 하실 생각이세요?"

"대학원에 진학할 예정이야. 법률 공부를 좀 더 해 보려고."

다시 침묵이 흘렀다. 내가 물었다.

"대학원을 졸업하면요?"

"그다음은 아직 정하지 않았어. 그렇지만 3학년 때 사법시험에 합격해 두었으니까 그쪽으로 갈 수도 있을 거야."

"와, 대단하세요!"

나는 정말 감탄했다. 나카가와는 그런 내 모습을 바라보며 느긋한 미소를 머금었다.

"그냥 공부가 좀 되는 편이었을 뿐이야. 난 평범한 가정에서 자란 데다 딱히 내세울 것도 없으니까 이거라도 열심히 굴릴 수밖에 없거든."

나카가와는 오른손 검지로 자신의 관자놀이를 가리키며 그렇게 말했다. 그 순간, 나카가와의 눈 저 안쪽에서 날카로운 빛이 번득인 것 같았다.

웨이트리스가 커피를 테이블에 올려놓는데 다시 발퀴레가 울렸다. 나카가와는 휴대폰 착신 화면을 확인한 다음, 전표를 들고 자리에서 일어서며 말했다.

"이제 가야겠어. 같이 있어 줘서 고마워."

웨이트리스는 손에 커피잔을 든 채 이상하다는 표정을 지었다.

카페 앞에서 나카가와와 헤어진 다음, 집으로 가는 전차를 탔다.

나카가와의 이야기를 듣고 머리로 생각해서 하나 이상한 점이 없는데도 마음속에서는 뭔가가 어긋나 삐걱대는 소리가 들려왔다. 비유를 하자면 '2÷2'라는 문제의 답을 '1'이라고 적었는데도 이상하게 불안한 그런 느낌이다. 여태 이런 느낌을 가져 본 적이 없었다. 머리로 생각해서 이상한 점이 하나도 없는데도. 그건 그렇고 아야코 언니는 왜 스스로 목숨을 끊을 수밖에 없었을까? 나는 영원히 그 해답을 찾지 못할 것인가.

집 가까운 역에 도착한 것이 오후 여섯 시를 넘어선 즈음이었다. 가을이 깊어지면서 해 저무는 시간도 많이 빨라졌다. 개찰구를 나서자 거리는 쪽빛으로 물들어 있었다.

나는 곧장 집을 향해 걸어갔다.

바람이 불지 않는데도 서늘한 기운이 감돌았다. 겨울이 바로 코앞에 다가온 듯하다.

횡단보도의 빨강 신호가 내 발길을 붙잡았다. 건너편 공사현장을 보니 아침하고는 뭔가 달라진 것 같았다. 아침까지 펄럭이던 공사를 반대하는 깃발들이 모두 사라졌다. 아빠가 말하던 이 사회의 구조가 적절하게 작용한 결과일까?

신호가 파랑으로 바뀌어 횡단보도를 건너면서 뭔가 께름칙한 기분을 떨치지 못한 채 인기척 없는 공사현장 앞을 지나치려는 순간이었다.

등뒤에서 뭔가가 다가오더니 내 입을 틀어막았다. 그게 사람의 손이라는 사실을 깨닫기까지는 그리 오랜 시간이 걸리지 않았다.

분명히 악의를 가진 그 손길은 나를 자기 쪽으로 끌어당기더니 귀에다 대고 귀한 보물의 위치를 가르쳐주는 듯한 음성으로 속삭였다.

"순순히 따라와. 까불면 목을 부러뜨릴 거야."

3

막 기초공사를 시작한 공사현장은 SF영화에 등장하는 핵전쟁 이후의 폐허 같았다. 저녁 어스름 속에 드러난 철골들이 음침한 기운을 뿜어내며 나를 감금한 거대한 우리의 뼈대처럼 치솟아 있었다.

이것은 나중에 그 장면을 떠올렸을 때의 풍경묘사이다. 공사현장 한구석으로 끌려들어 갔을 그 순간의 나는 도저히 주위 풍경 따위에 신경 쓸 여유가 없었다. 다만 한 가지만을 속으로 끊임없이 외쳤다.

신이여, 나를 구해 주소서!

신 따위는 없다. 그렇지만 나를 구원해 주기를 바랐다. 상황이 너무나 절망적이라 신이 아니고서는 나를 구해 줄 존재는 없었다. 나를 덮친 놈은 하나가 아니라 셋. 그것도 하나같이 탄탄한 근육질들이다. 놈들의 목적이 무엇인지는 모르지만, 지금부터 일어날 일은 분명 밤에 친구들에게 전화를 걸어, 얘, 얘, 오늘 이런 일이 있었는데 말이야, 라며 수다를 떨 그런 종류는 아니라는 걸 잘 안다. 아니, 살아서 다시 친구들에게 전화를 걸 수만 있다면 말해 버릴 수도 있어.

나를 도와줄 것 같지 않은 신은 포기하고 내 힘으로 어떻게든 해 보려고 용기를 내어 손발을 버둥거려 보았다. 옆에 선 남자가 내 옆구리를 내질렀다. 묵직하고 뜨거운 통증이 온몸으로 퍼져나가 손발을 버둥대는 건 고사하고 숨도 제대로 쉴 수 없었다. 그냥 죽어버리고 싶을 정도로 숨쉬기가 힘들었다. 아냐, 그래도 싫어. 죽고 싶지 않아.

손으로 내 입을 누른 남자가 뒤에서 내 몸을 잡은 채 귀에다 입을 대고 이렇게 속삭였다.

"얌전하게 굴어. 말만 잘 들으면 아프지 않게 해 줄게."

내 가슴께에 있던 남자의 다른 한 손에는 또 다른 뜻을 표현하는 힘이 잔뜩 들어 있음을 알았다. 울고 싶어, 그런 생각을 한 것도 아닌데 눈에서 눈물이 주르르 흘러내렸다. 절망과 눈물샘은 연결되어 있는 모양이다.

그런데 더 안쪽으로 나를 끌고 가던 남자의 발걸음이 갑자기 뚝 멈추었다. 양옆에서 같이 걸어가던 두 남자의 발걸음도.

마침내 '그때'가 오고 말았는가. 나는 아무 소용이 없다는 것을 알면서도 마음속으로 다시 한 번 외쳤다.

'신이여, 나를 구해 주소서!'

그 목소리에 호응이라도 하듯이 내 입을 누른 남자가 말했다.

"너희들 빨리 꺼져!"

너희들?

그 말의 의미를 이해하는 데는 약간의 시간이 필요했다.

'너희 → 너의 복수형 → 최소한 두 명 이상 → 나는 한 사람 → 그러므로 나에게 한 말은 아님 → 그렇다면'

누가 있다.

나는 눈을 크게 뜨고 앞을 바라보았다. 5미터 정도 앞쪽 벽에 그림자 넷이 보였다. 아주 희미한 불빛이 만들어 내는 흐릿한 그림자, 나에게는 그것이 마치 구세주를 찬양하기 위해 하늘에서 비추는 빛인 것만 같아 보였다.

후줄근한 작업복 같은 걸 입은 구세주들은 콘크리트 벽에 등을 대고 땅바닥에 퍼질러 앉은 채 담배를 피웠다. 네 명이 담배 연기를 빨아들일 때마다 어둠 속에 빨갛고 자그만 불덩이가 피어났다.

"여기 볼일이 좀 있어서 말이야. 빨리 꺼져!"

아까 내 옆구리를 내지른 남자가 적의를 가득 담은 목소리로 말했다.

그건 그렇고 이놈들은 숫자도 하나 적은데 뭘 믿고 이렇게 여유를 부리지?

내 가방을 든 나머지 한 놈이 처음으로 입을 열었다.

"너희들한테는 손대고 싶지 않아. 우물거리지 말고 얼른 집에나 가."

네 명의 구세주들이 제발 이놈들이 시키는 대로 하지 않기를 빌었다.

10초쯤 침묵이 흘렀다.

나에게는 영원과도 같은 10초.

맨 오른쪽에 있던 구세주가 담배 연기를 뿜어내면서 말했다.

"어이, 그 교복, 세이와 여고 아냐?"

나?

나에게 묻는 거야?

이런 상황에서, 게다가 입까지 틀어막힌 나한테?

그렇지만 이런 지경에 빠진 내 존재를 정확히 인식한다는 것이 기적처럼 느껴져 나는 황망히 고개를 끄덕였다.

네 명의 구세주는 서로 얼굴을 마주 보더니 한숨을 내쉬고 동시에 손가락에 낀 담배를 퉁겼다. 다만 맨 왼쪽에 있는 구세주가 퉁긴 담뱃불은 벽에 부딪쳐 되돌아와 제 목덜미를 지지는 바람에 그는 짧고 굵게 비명을 질렀다.

"앗, 뜨거!"

맨 먼저 일어선 구세주가 다른 구세주들에게 말했다.

"너희들은 그냥 있어. 이런 쓰레기들은 나 혼자서도 충분하니까."

내 등뒤에서 뜨거운 기운이 뿜어져 나왔다. 이런 걸 살기라고 하나?

내 입을 틀어막은 남자가 갑자기 내 몸을 내 옆구리를 내지른 남자에게로 밀쳤다. 내 몸은 옆구리를 내지른 그 남자의 팔 안으로 쏙 들어갔다.

"잘 잡아 둬."

내 입을 틀어막았던 남자는 그렇게 말한 다음, 준비체조를 하는지 목을 좌우로 삐거덕삐거덕 움직였다. 맨 먼저 일어선 구세주는 침착한 몸짓으로 오른쪽 눈썹 끝부분을 손가락으로 긁적거렸다. 내 심장은 콩닥콩닥 방아를 찧었다.

맨 먼저 일어선 구세주가 목에 두른 수건을 벗겨 내며 말했다.

"지금이라도 조용히 집으로 돌아가면 용서해 주지. 나 말이야. 요즘 기분이 안 좋아서 손길이 좀 사나울지 몰라."

내 입을 틀어막았던 남자는 흥, 코웃음을 치더니 맨 먼저 일어선 구세주를 그냥 덮쳤다.

한순간에 일어난 일이었다.

내 입을 틀어막았던 남자가 맨 처음 일어선 구세주 앞 약 2미터 정도까지 접근했을 때 구세주가 손에 든 수건을 남자 얼굴을 향해 던지자 시계를 확보하지 못한 남자는 반사적으로 그 자리에 멈춰 섰다. 남자가 공중에서 펄럭이는 수건을 손으로 걷어 내는 동안 구세주는 무서운 스피드로 달려 남자 눈앞에 다가서 있었다. 구세주는 브레이크도 밟지 않고 남자 가슴으로 파고들더니 이마를 남자의 코언저리에 꽂아버렸다.

쿵! 무거운 가마솥 바닥을 절굿공이로 힘껏 내려찍는 듯한 울림. 그다음 순간, 남자는 실 끊어진 연처럼 허물거리며 바닥으로 무너졌다. 나를 잡은 남자 입에서 아아, 서글픈 소리가 울려 나왔다. 아마 상상도 하지 못한 사태였을 것이다.

맨 처음으로 일어선 구세주는 정신을 잃고 쓰러져 있는 남자에게서 시선을 옮겨 두 남자를 번갈아 바라보았다. 나를 잡은 남자의 손이 가늘게 떨렸다. 그 기분을 알 것 같았다. 구세주의 눈길이 내 쪽을 향하는 순간, 내 등도 반사적으로 떨렸으니까. 구세주의 길게 찢어진 눈에서 과학적으로는 결코 설명할 수 없는 공격 광선이 치달렸다.

이건 분명해. 나를 덮친 남자들은 설령 그것이 우연에 지나지 않는다 하더라도 건드려서는 안 될 사람을 적으로 삼고 만 거야.

맨 처음 일어선 구세주가 천천히 입을 열었다.

"이제 무사히 집으로 돌아갈 생각은 버려."

구세주가 움직였다. 나를 향해 창처럼 일직선으로 치달린다!

나도 모르게 나는 눈을 꽉 감아버렸는데 등뒤에서 캬! 비명이 들렸다. 그와 동시에 내 몸을 감았던 남자의 팔이 풀리고 나는 자유를 되찾았다.

"비켜!"

맨 처음 일어선 구세주 목소리에 이끌려 나는 눈을 떴다. 구세주는 내 어깨를 두 손으로 잡고 나머지 구세주들 쪽으로 밀쳤다. 나는 비틀거리면서도 겨우 몸의 균형을 유지하며 최전선에서 벗어났다.

나를 잡았던 남자는 두 손으로 눈을 가린 채 신음을 뱉어냈다. 맨 처음 일어선 구세주가 오른발 끝을 남자의 사타구니에 꽂아 넣었다. 그리고 퍽, 소리와 함께 남자는 두 손으로 사타구니를 감싸며 꿇어앉더니 입에 게거품을 물고 뒤로 나자빠졌다.

맨 처음 일어선 구세주가 내 가방을 끌어안은 남자 쪽을 바라보았다.

가방을 안은 남자는 넝마처럼 바닥에 쓰러져 있는 두 동료를 확인하고는 겁에 질린 눈으로 구세주를 바라보았다. 어깨를 아래위로 심하게 들썩거리며 가쁜 숨을 몰아쉬었다.

"잠깐만 기다려!"

가방을 든 남자가 외쳤다.

"기다리긴 뭘 기다려."

구세주는 냉랭한 목소리로 되받았다.

"오해야."

"뭐가 오해야."

"우린 부탁을 받았을 뿐이야."

"예쁜 여학생을 강간하라는 부탁?"

"아냐! 가방을 빼앗아 오라고 했어."

"가방을 빼앗으려고 일부러 공사현장으로 끌고 들어와?"

"그건……."

"너, 구질구질한 놈이네."

구세주가 다시 움직인 것과 내가 잠깐! 하고 외친 것은 거의 동시였다. 물론 때는 늦었다. 구세주는 잔상도 보이지 않을 정도의 스피드로 가방을 든 남자 앞으로 다가가 몸을 약간 낮추는가 싶더니 왼 주먹을 남자의 얼굴에 꽂았다.

빡!

뭔가가 결정적으로 부러지는 듯한 소리와 함께 남자의 몸이 뒤로 넘어갔다. 구세주는 눈 깜짝할 사이에 남자의 등뒤로 돌아들어 남자의 뒤통수를 움켜쥐더니 바로 옆에 있는 콘크리트 벽에 힘껏 찧어버렸다.

뿌직!

나는 눈을 감으며 고개를 돌렸다.

털썩, 하는 소리에 돌아보니 벽에는 어둠 속에서도 선명한 핏자국이 찍혀 있었다. 남자의 모습을 찾아 아래로 시선을 내리는데 남자는 벽에 얼굴을 들이댄 그 자세로 바닥에 다소곳이 앉아 있었다. 마치 위에서 눌러 찌부러뜨린 커다란 인형 같았다. 내 가방을 안은 채. 너무도 갑작스럽게 일어난 일이라 가방을 놓을 여유도 없었던 모양이다.

맨 처음 일어선 구세주는 남자 옆구리에서 가방을 빼내 내 쪽으로 걸어왔다. 순간 몸을 움츠렸지만 구세주 눈에 아까 보았던 공격 광선은 사라지고 없어 긴장을 풀었다. 구세주가 말없이 내미는 가방을 받아들었다.

"고맙습니다."

나는 반사적으로 인사를 하며 가볍게 고개를 숙였다.

맨 처음 일어선 구세주는 귀찮다는 표정으로 아, 하고 대답했다. 그 눈길이 조금 슬퍼 보였다. 자기가 한 일을 후회하는 듯 한 느낌이었다.

나머지 구세주 세 명은 나와 맨 처음 일어선 구세주 옆을 지나 쓰러져 있는 남자들 쪽으로 걸어갔다. 세 남자의 옷을 뒤져 뭔가를 찾아내려는 것 같았다.

"어이, 미나가타, 체육 하는 놈들이야."

맨 처음 일어선 구세주가 맨 오른쪽에 있는 구세주를 향해 말했다. 미나가타라는 구세주가 내 입을 틀어막았던 남자의 옷을 뒤졌다.

"몸을 보건대 아메리칸풋볼 아니면 럭비 같은 걸 한 것 같아."

미나가타가 그렇게 말했다.

"아마 그럴 거야."

맨 처음 일어선 구세주가 말했다.

"아, 있네."

미나가타가 남자의 바지 주머니에서 지갑을 꺼내 안을 살펴보기 시작했다. 구세주라 믿었던 사람들이 갑자기 퍽치기 강도로 변신하는 것을 보고 충격을 받으려는 순간, 맨 처음 일어선 구세주가 그게 아니라고 중얼거리듯이 말했다. 공격 광선을 내뿜던 이 구세주는 사람의 마음을 읽는 재주도 있는 건가?

미나가타는 지갑 안에서 작은 종잇조각을 꺼내고, 지갑을 바닥에 던졌다.

"이놈은 에세이 대학 경제학부 1학년 아소."

미나가타가 종잇조각을 보며 말했다.

다른 남자들의 호주머니를 뒤지던 두 명의 구세주도 같은 대학 놈들이라고 외쳤다.

미나가타가 일어서서 나와 맨 처음 일어선 구세주 쪽으로 다가왔다.

"뭔지 모를 사정이 있는 것 같은데."

미나가타는 내 얼굴을 바라보며 말했다.

"아까 잠깐, 이라고도 했고."

내가 우물쭈물하자 미나가타는 더는 묻지 않고 상냥하게 웃어 보였다.

다른 남자들 옷을 뒤지고 있던 구세주들도 다가와 두 장의 학생증을 미나가타에게 건네주었다. 가까이 보니 생각보다 젊었다. 나랑 나이 차이가 없을지도 모른다.

미나가타는 다른 세 명의 구세주들을 향해 말했다.

"자, 일단 여기서 벗어나지."

구세주들은 벽 쪽으로 가서 저마다 가방을 들고 내 쪽으로 돌아왔다.

"가지."

미나가타가 내게 말했다.

달리 선택의 여지가 없는 나는 얌전하게 고개를 끄덕였다.

구세주들 뒤를 따라가는데 제가 던진 담뱃불에 제 목이 데었던 구세주가 쓰러져 있는 남자의 몸에 발이 걸려 앗, 하고 외치며 앞으로 넘어졌다. 맨 처음 일어선 구세주가 익숙한 몸짓으로 뒤로 돌아서더니 넘어진 구세주의 손을 잡고 일으켜 세웠다.

"고마워."

넘어졌던 구세주는 맨 처음 일어선 구세주를 바라보며 웃었다.

구세주들은 다시 잰걸음으로 나아갔다. 뒤처지지 않으려고 나도 바삐 그들의 뒤를 따랐다. 미나가타 옆에 나란히 서서 내가 물었다.

"당신들은 누구시죠?"

미나가타가 웃으며 대답했다.

"우리는 그냥 고삐리야. 지금 정학 중이고."

공사현장을 둘러친 비닐을 들치고 마침내 바깥으로 나왔다. 철골이 없는 하늘이 너무 넓어 보였다.

어쩌면 신은 존재할지도 몰라.

하늘에서 시선을 돌려 내 옆에 서 있는 네 명의 구세주들을 바라보며 나는 그런 생각을 했다.

4

나와 구세주들은 걸어서 3분 정도 거리에 있는 국도변의 패밀리 레스토랑으로 들어갔다.

들어서자마자 나는 가게 안에 있는 공중전화로 엄마에게 초등학교 때 친구들을 만나 저녁을 먹고 들어갈 거라고 거짓말을 했다.

"밤에 친구를 다 만나고, 웬일이야? 너무 늦을 것 같으면 연락해. 역까지 나갈 테니까."

"고마워. 괜찮아."

아까 경험했던 그런 일은 당분간 일어나지 않을 것이다. 아마도.

"조심할게. 그럼 나중에 봐."

그렇게 말하고 전화를 끊는데 엄마의 따스한 말이 귓가에 울려 나도 모르게 눈물을 글썽였다. 눈물을 감추려고 잠시 통화를 계속하는 시늉을 하다 자리로 돌아왔다.

네 명의 구세주는 입구에서 보아 왼쪽 끝에 있는 반원형 구석자리에 앉아 있었다. 복잡한 가게 안에서도 네 명의 구세주는 눈에 띌 만큼 독특한 분위기를 풍겼다.

나는 테이블을 사이에 두고 건너편 나무의자에 앉았다. 네 명의 얼굴이 눈앞에 나란히 앉아 있다.

"미안해. 우리가 먼저 주문했어." 하고 미나가타가 말했다.

"괜찮아요."

나는 테이블에 다가온 웨이터에게 오렌지주스를 주문했다.

미나가타가 얼굴을 상냥하게 구기며 말했다.

"자, 그럼 자기소개를 해야겠지. 나는 미나가타, 미나가타 구마구스하고 성만 같아. 아마 못 들어본 이름일 테지만."

"점균 연구로 유명한 학자 말이죠?"

네 명의 얼굴에서 도대체 넌 누구냐? 라는 듯한 표정이 떠올랐다. 그건 오히려 내가 묻고 싶은 말인데.

미나가타는 총명해 보이는 눈을 크게 뜨고 말했다.

"과연 세이와야. 내 옆이 가야노."

"처음 뵙습니다. 가야노 시게루라고 해요."

가야노는 짙은 눈썹을 애교스럽게 꿈틀거리며 말했다.

네 명이 내 얼굴을 뚫어져라 바라본다.

"아이누 최초의 국회의원이 아버지세요?"

네 명은 오오! 하고 감탄사를 터뜨렸다.

무슨 이상한 퀴즈 프로그램 같잖아.

"혹시 신문을 광고까지 깡그리 훑는 게 취미야?"

미나가타가 그런 코멘트를 던지고 다시 소개에 들어갔다.

"그 옆이 야마시타."

"야마시탑니다."

제가 던진 담뱃불에 제가 데고, 적의 몸에 걸려 넘어졌던 구세주다.

야마시타는 뭔가 어색한 듯 우물쭈물하며 입을 벌린 채 작은 동물처럼 검은 눈동자를 데굴데굴 굴린다.

"미안. 비유할 만한 말이 안 떠오르니까 그냥 가지 뭐."

그런 다음 미나가타는 말을 이었다.

"맨 끝이 박순신."

맨 처음 일어서서 세 명의 적을 눈 깜짝할 사이에 쓰러뜨린 구세주. 박순신은 귀찮다는 표정으로 가볍게 고개만 끄덕였다. 밝은 곳에서 보니 오른쪽 눈썹 끝에 기다란 상흔이 있었다.

"이름이 좀 특이하지만 신경 쓰지 마. 우리는 모두 고3이고 아까도 말했듯이 정학을 먹은 참에 공사현장에서 아르바이트를 해. 일 끝내고 한 대 피우는 중에 네가 납치당해 온 거야. 그런데 이름은?"

"오카모토 가나코라고 해요."

야마시타가 눈을 반짝이며 나를 바라본다.

내가 우물쭈물하는데 마침 주문한 음료가 나와 어색한 분위기에서 벗어날 수 있었다.

주문 내용은 오렌지주스 하나, 나머지는 초콜릿 파르페였다.

"중노동을 한 다음에 마시는 초콜릿 파르페는 최고야."

야마시타가 스푼에 묻은 생크림을 핥으며 말했다. 다들 황홀한 표정으로 파르페를 먹는다. 내가 오렌지주스를 한 모금 마시고 테이블에 잔을 내려놓자 미나가타가 말했다.

"아까 그놈들에게 습격당한 이유 같은 거 말해 줄 수 있어?"

나는 잠시 망설이다가 말했다.

"확신은 가지 않아요. 그냥 우연히 습격당한 건지도."

미나가타가 이상하다는 표정으로 고개를 갸우뚱하며 말했다.

"확신이 가지 않는다는 말은 짚이는 곳은 있다는 얘긴데? 우리는 경찰도 아니고 재판관도 아냐. 오카모토가 느끼고 생각한 걸 그냥 말하면 그만이야. 우리는 그걸 들어보고 옳은지 그른지를 판단하면 되니까."

네 명은 스푼을 내려놓고 뚫어져라 나를 바라보았다. 네 명의 얼굴을 보았다. 모두 믿음직스러웠다. 야마시타의 얼굴은 웜뱃과 많이 닮아서 정말 재미있다는 생각마저 들었다.

내 몸 안에서 뭔가가 녹아내리기 시작했다. 갑자기 아까의 공포가 되살아나 몸이 떨리고 눈에서 눈물이 흘러내렸다. 미나가타가 건넨 물수건으로 눈물을 닦으며 잠시 울었다. 네 명은 파르페를 먹으면서 울음이 그치기를 기다려주었다. 옆자리에 앉은 아주머니가 초등학생 정도로 보이는 어린애에게 보면 안 돼! 하고 낮은 목소리로 주의를 주었다.

야마시타가 마지막 즐거움으로 남겨둔 작은 바나나를 바닥에 떨어뜨리고 애절한 눈길로 나를 바라보는 그 순간, 나는 웃음을 터뜨렸고, 티슈로 코를 푼 다음, 오늘 하루 동안 일어난 일을 네 명의 구세주에게 이야기하기 시작했다.

"으-음."

미나가타가 신음을 뱉어냈다.

"아까 그놈들에게 증거를 탈취하라고 지시한 놈은 분명히 나카가와일 텐데, 하지만 뭔가 좀 이상해."

네 명에게 나와 아야코의 관계를 이야기하고, 내가 가진 증거를 보여주었다. 혹시나 해서 언니와 내가 했던 '약속'에 대해서도 말해 주었다.

"뭐가 이상하다는 거야?"(가야노)

"좀 심하지 않아? 우에하라 아야코 씨가 불륜을 저지른 것도 모른다면서 애들을 시켜 오카모토 씨를 습격해 그 증거를 빼앗으려 했다는 것 말이야."(미나가타)

"축제에 지장을 줄지도 모를 소문을 철저히 막으려는 게 아닐까?"(가야노)

"그렇다고 해도 이상해."(미나가타)

"어렵게 생각할 것 없어. 나카가와는 우에하라 씨의 불륜 사실을 알아. 그러니까 그 증거를 빼앗으려 한 거지."(박순신)

"그렇다면 이해가 가."(미나가타)

"그렇지만 나카가와 씨는 아야코 언니의 불륜 사실을 모른다고 했잖아요."(나)

"나카가와는 신용할 만한 놈일까?"(미나가타)

나는 잠시 망설이다가 대답했다.

"내게는 그렇게 보였지만……. 지금은 잘 모르겠어요."

"오카모토 씨. 우에하라 씨가 불륜을 저지른 게 확실한 사실일까? 아까 보여준 그 증거는 너무 약한데."(미나가타)

"이번 여름에 아야코 언니가 처음으로 자기 연애에 대해 이야기해 주었어요."

내 생일파티 삼아 이탈리안 레스토랑에서 식사를 하고 가볍게 술을 마신 다음, 아야코 언니는 처음으로 흐트러진 모습을 보였었다.

"그때 자신이 다른 사람에게는 말할 수 없는 연애를 한다고 했어요. 많은 사람을 배신하고 있는 것 같아 괴롭다고도 했고요."

아야코 언니는 그런 다음, 이렇게 말하면서 억지로 웃음을 지었다.

'이대로는 안 돼. 그래서 무슨 조치를 취할 생각이야. 어떻게든 올바른 방향을 찾도록 노력해 볼 생각이야.'

"상대에 대해서는 아무 말도 안 했어?"

미나가타가 물었다.

나는 고개를 저었다. 아야코 언니는 불륜 상대에 대해서는 말하지 않았고, 나도 묻지 않았다. 나는 아야코 언니의 불륜 이야기에 충격을 받았지만, 아야코 언니가 나를 믿고 비밀을 털어놓았다는 사실에 가슴이 뿌듯해서 정작 아야코 언니의 고통에 대해서는 가볍게 생각해 버렸다는 느낌이 들었다. 후회해도 소용없는 일이지만.

"이야기로 봐서는 분명 불륜을 저지르긴 한 것 같은데, 그럼 일단 우에하라 씨가 불륜을 저질렀다고 해. 그리고 나카가와가 그 불륜을 알아차렸다고 하지. 그걸 전제로 해서, 나카가와가 이상한 소문이 퍼져 축제가 중단되는 사태가 일어나지 않도록 증거물을 탈취하려 했다는 쪽으로 생각을 해 본다면."(미나가타)

"이해가 안 가네."(야마시타)

"뭐가?"(미나가타)

"우에하라 씨가 불륜 때문에 자살을 했는데 왜 축제를 중단해야 하지? 그거 개인적인 문제일 텐데."(야마시타)

"듣고 보니 그러네. 흠, 뭔가 좀 잡히는 것 같기도 해. 계속해 봐. 야마시타."(미나가타)

"……."(야마시타)

"왜 말이 없어?"(미나가타)

"압박하면 난 기가 죽어버려."(야마시타)

"기자들이 주변을 어슬렁거린다는 것은 혹시 묘한 소문이 떠돌기 때문이 아닐까?"(박순신)

"가장 알기 쉬운 가정을 해 본다면."(미나가타)

"우에하라 씨가 대학 관계자와 불륜관계에 있었다."(박순신)

"그래서?"(미나가타)

"불륜 상대가 대학에서도 힘이 센 놈이라 그게 들통 나면 축

제가 중단될 가능성이 커지는 거야."(가야노)

"느낌 좋고! 그래서?"(미나가타)

"나카가와는 불륜 상대를 잘 알고, 그놈이랑 협력하면서 축제에 지장을 주지 않으려고 증거를 빼앗으려 했다."(박순신)

"오카모토 씨, 우에하라 씨가 자살했을 때 나카가와랑 같이 있었던 놈 이름이 뭐라고 했지?"(미나가타)

"다니무라라고 했어요. 두 사람의 지도교수일 거예요."

"혹시 빙고? 그놈인 것 같지 않아? 일단 불륜 상대를 다니무라로 설정하고 이야기를 계속해 봐."(미나가타)

"모르겠어."(야마시타)

"뭐가?"(미나가타)

"나카가와는 왜 다니구치를 도우려 했을까?"(야마시타)

"다니구치가 아니라 다니무라. 무슨 약점이라도 잡힌 게 아닐까?"(미나가타)

"모르겠어."(야마시타)

"뭐가?"(미나가타)

"나카가와가 다니야마의 조종을 받는 건 그렇다 하더라도 나카가와가 어떻게 아까 그놈들을 마음대로 부릴 수 있지? 나카가와가 그렇게 센 놈이야?"(야마시타)

"다니야마가 아니라 다니무라, 입니다. 그리고 나카가와는 아무런 힘도 없어 보였어요. 머리도 좋고 성격도 괜찮은 사람인 것 같았고, 전형적인 우등생 타입이었어요. 하지만 축제 실행위원장이니까 조금은 힘이 있지 않을까요?"(나)

"아까 그놈들도 다니무라가 조종하는 건지 몰라."(가야노)

"그건 또 무슨 말이야?"(야마시타)

"예를 들면 이런 거지. 우선 나카가와가 다니무라에게 연락을 해. 오카모토 씨에게 불륜의 증거가 있는 것 같다고. 위험을 느낀 다니무라가 아까 그 애들한테 지시를 내렸다는 게 가장 알기 쉬운 스토리인데, 그렇지만 오카모토 씨와 나카가와가 만나는 동안 서둘러 아까 그놈들을 모아서 보내는 것은 무리라는 생각이 들어. 다니무라가 앞잡이를 잔뜩 거느리는 조폭 두목이라면 모를까."(미나가타)

"그럼?"(가야노)

"나카가와는 만일을 위해 미리 그놈들을 대기시켜 두었다가 지령을 내린 거야. 아마도 카페에 머무는 동안 연락을 했을 테지. 지금 바로 카페에 오라고. 그래서 아까 그놈들이 나카가와와 헤어진 오카모토 씨를 카페 앞에서부터 미행하여 인기척 없는 공사현장 부근에서 덮친 게 아닐까. 아마도."(미나가타)

나는 바깥으로 나갔다가 카페로 돌아왔을 때 나카가와 분위기가 갑자기 바뀐 것이 떠올랐다. 그렇게 바쁘다고 강조하던 사람이 갑자기 커피를 한 잔 더 시킨 것도 혹시 그놈들이 올 때까지 시간을 벌기 위해서가 아니었을까.

"그렇다면 왜 나를 그렇게 경계하는 걸까요? 나와 만나기 전에는 내가 아야코 언니의 불륜에 대해 말하리라고는 상상도 하지 못했을 텐데요."(나)

"처음으로 되돌아가는 셈인데, 우에하라 씨의 죽음에 대해 떠들어 대면 축제가 중단될지도 모른다고 생각해서 미리 경계 모드를 취했을지도 모르지."(가야노)

"모르겠어."(야마시타)

"뭐가?"(미나가타)

"축제가 그리도 중요한 거야? 사람이 죽었는데 억지로 소문을 막으면서까지 반드시 해야 하는 거야?"(야마시타)

"이래서는 끝이 없겠어. 오카모토 씨는 어떻게 하고 싶어?"

야마시타가 진지한 눈길로 물었다.

"앞으로 말인가요?"

설마 그런 걸 물으리라고는 상상도 못했기 때문에 뭐라고 대답해야 할지 몰랐다. 미나가타가 말을 이었다.

"아까 습격하는 폼으로 봐서 적은 사태를 꽤 심각하게 생각하는 것 같아. 거기에 대처하는 가장 간단한 방법은 이걸 들고 경찰을 찾아가는 거지."

미나가타는 호주머니에서 아까 그놈들에게 빼앗은 학생증을 꺼내 테이블 위에 올려놓았다.

"경찰이 문제 삼으면 놈들도 앞으로는 오카모토 씨를 함부로 건드리지 못할 테니까. 일단 신변 안전을 확보할 수 있을 거야. 다만 그 경우에는 오카모토 씨가 습격당한 진정한 이유를 알아낼 수 없을지도 몰라. 나카가와가 아까 그놈들과의 관계에 대해 시치미를 떼면 그걸로 끝이니까. 게다가 솔직히 말해서 우에하라 씨 불륜에 관한 이야기도 오카모토 씨의 상상으로 치부될 가능성이 커."

미나가타의 말이 너무 조리가 있어 나는 고개를 끄덕이며 들을 수밖에 없었다.

"그 외에 간단하지 않은 대처 방법이 있긴 한데, 그것도 들어볼래?"

미나가타 눈빛이 아까보다 더 빛나는 것 같았다. 나는 일단 고개를 끄덕였다.

"우리에게 이 사건을 맡기는 거."

"엣!"

나는 너무 놀라 목소리를 높이고 말았다.

"우리, 이래 봬도 꽤 하는 편이야."

"그렇지만……."

"오카모토 씨의 안전은 우리가 보장하지. 아니, 정확히 말하자면 박순신이 보장하는 거지만."

미나가타는 힘주어 말했다.

박순신은 귀찮다는 표정으로 눈썹 끝의 상흔을 손가락으로 긁었다.

"저건 모든 것을 수락한다는 의사 표시할 때의 버릇이야."

내게는 그렇게 보이지 않았지만.

미나가타가 말을 이었다.

"일단 움직여 보고 오카모토 씨가 상상한 대로 우에하라 씨 자살이 사실은 살인이라는 사실이 드러나면 우리는 손을 떼고 경찰에 신고하도록 해야겠지."

살인이라는 말에 저녁나절의 공포가 되살아났다.

'만일.'

나는 생각했다.

만일 아야코 언니가 자살을 한 게 아니라 누군가에게 떠밀려 죽은 거라면, 아야코 언니는 그때 얼마나 무서웠을까. 등을 떠민 누군가가 얼마나 저주스러웠을까. 진상이 밝혀지지 않으면 아야코 언니는 영원히 눈을 감지 못할 것이다. 슬피 울던 그 어머니의 울분도.

미나가타는 내 속내를 읽었는지 상냥한 목소리로 말했다.

"원래 우리는 트러블에 말려들기를 좋아하지만, 슬픔에 빠진 사람을 이용하면서까지 트러블을 즐기고 싶진 않아."

잠시 침묵이 흘렀다. 모든 사람의 표정이 무겁게 깔린 듯이 보였다.

"여러분은 괜찮으세요?"

내가 물었다.

"뭐가?"

미나가타가 물었다.

"앞으로 위험에 직면한다 해도."

네 명은 일제히 입을 찢으며 웃었다.

"우리는 죽어도 죽지 않으니까, 괜찮아."

미나가타가 대표라도 되는 양 당당하게 말했다.

다시 한 번 네 명의 얼굴을 바라보았다. 머리로 생각하기 전에 가슴이 먼저 대답을 찾아냈다. 나는 크게 숨을 몰아쉬고 나서 말했다.

"그럼 잘 부탁합니다."

네 명은 일제히 개구쟁이 같은 웃음을 흘렸다.

나는 유보조항을 달았다.

"그렇지만 이 가운데 한 사람이라도 위험에 빠지면 난 이걸 들고 경찰서로 갈 거예요."

나는 테이블 위의 학생증을 집어 들었다.

"좋아, 약속했어."

미나가타가 일행을 대표해서 말했다.

지금 생각해 보면 그 네 명의 개구쟁이 같은 미소를 보고 나는 재빨리 깨달아야 했다. 내가 생각하는 '위험'과 그들이 생각하는 '위험'은 차원이 다르다는 것을…….

"그럼 일단 소문의 진상부터 확인하자구."

미나가타가 말했다.

"어떻게?"

가야노가 물었다.

미나가타는 망설이는 듯 두 눈을 가늘게 뜨더니 내게 물었다.

"축제가 언제 열리는지 알아?"

"나카가와 말로는 이번 달 24일이라고 했어요."

"앞으로 두 주……. 만일 축제가 이번 사건의 키포인트라고 한다면 그리 시간이 많은 것도 아냐."

"아기에게 부탁하면 어때?"

가야노가 말했다.

아기?

누구?

"우리가 조사하고 싶지만 어쩔 수 없겠는걸. 아기라면 이삼

일 안에 충분히 조사할 수 있을 거야."

미나가타도 가야노의 말에 동조했다.

"이번 사건은 단기결전이 될 것 같아."

가야노가 말했다.

이번?

결전?

내 불안을 날카롭게 감지한 미나가타가 씩씩한 웃음을 흘리며 말했다.

"괜찮아. 괜찮아. 우리에게 맡겨 둬."

패밀리 레스토랑을 나와 네 명은 나를 집까지 바래다주었다.

돌아가는 길에 내가 물었다.

"여러분에게 연락하고 싶을 때는 어떻게 해요?"

"내일부터 박순신이 보디가드 역할을 할 테니까 무슨 일이 있으면 박순신에게 말하면 돼. 그렇지만 만일을 위해서 내 전화번호를 가르쳐줄게."

미나가타는 가방에서 볼펜을 꺼내 걸으면서 패밀리 레스토랑 계산서 뒤편에 전화번호를 적어 주었다. 나도 만일을 위해 노트 한 귀퉁이에 집 전화번호를 적어 미나가타에게 건넸다.

계산서를 받아들고 번호를 확인해 보니 일반 전화번호였다.

"휴대폰 아니네요."

"우리는 휴대폰이 없어."

"요즘 세상에 정말 신기하네요. 그러는 나도 없지만요."

네 명은 무슨 영문인지 기쁜 표정을 지으며 나를 바라보았다.

"그런데 내 교복을 보고 금방 세이와라는 걸 알아보았잖아요. 무슨 이유라도 있어요?"

미나가타는 살짝 당혹스러운 표정을 짓더니 시선을 돌리며 말했다.

"좀 아는 애가 있어서. 한 달 전에 세이와 축제가 있었잖아?"

"네."

"즐거웠어?"

"나, 그때 감기 걸려 쉬었어요. 고등학교에 들어가서 처음 맞는 축제라서 잔뜩 기대했었는데."

네 명은 슬쩍 눈짓으로 신호를 보내는 것 같았다.

"그런데 축제가 뭐 어쨌는데요?"

"아무것도 아냐."

미나가타는 고개를 가로저었다. 뭔가 어색해한다는 느낌이 들었다.

나는 축제라는 말에 문득 떠오르는 것이 있었다.

"우리 학교 축제 때마다 학교 안으로 침입하려는 변태들이 있어서 올해도 그 사람들 쫓아내느라 고생이 심했대요."

다들 아무런 반응도 없었다. 박순신은 손가락으로 상흔을 마구 긁어댔다.

"그런데 왜 정학 먹었어요?"

"싸움을 좀 하다가……."

미나가타 목소리가 기어들어갔다.

"그런데 어느 고등학교세요?"

"도쿄 끄트머리에 있는 남고. 이름 들어도 모를 거야."

가야노는 내 시선을 피하면서 그렇게 말했다.

야마시타가 동의한다는 듯 응응, 하고 고개를 끄덕였다.

집 앞에 도착하자 박순신이 물었다.

"집을 나서는 건 몇 시?"

"일곱 시 45분쯤이요."

"그럼 그 시간에 여기서 기다리지."

"알았습니다."

나는 고개를 숙였다.

"오늘 정말 고마웠습니다."

다들 겸연쩍게 웃으며 그럼 안녕, 하고 손을 흔들고는 역 쪽으로 걸어갔다. 네 개의 등이 멀어지는 것을 바라보자니 불안이 밀려왔다. 고작 몇 시간 전에 처음 만났는데 마치 옛날부터 친하게 지내 온 친구 같은 느낌이 들었다.

네 명이 모퉁이를 돌아드는 것을 보고서야 집으로 들어갔다.

다녀왔어요, 밝게 외치면서 불이 켜진 거실로 들어서는데 엄마가 턱을 괴고 앉아 벽에 걸린 달력을 멍하니 바라본다. 내 목소리를 못 들은 것 같아 다시 한 번 말했다.

"다녀왔어요."

엄마는 깜짝 놀란 듯 어깨를 부르르 떨더니 마치 귀신이라도 본 듯한 눈길로 나를 바라보았다. 목소리 주인공이 나란 사실을 확인하자 엄마는 눈을 감고 크게 숨을 토해 냈다.

"깜짝 놀랐잖아. 멍하니 있었거든."

엄마는 그렇게 말하고 자리에서 일어났다.

"늦었네. 뭣 좀 마실래?"

나는 고개를 저었다.

"그럼 목욕이나 해."

"응, 옷 좀 갈아입고."

방으로 들어가다가 문득 멈춰 섰다.

"왜 그래?"

엄마가 물었다.

오늘 일어난 일을 엄마에게 말할까 망설이다가 엄마도 나름대로 고민거리가 있는 것 같기도 해서 그만두기로 했다. 그리고 나는 벌써 열여섯 살. 모든 것을 엄마에게 고백할 나이가 아니다.

"아무것도 아냐. 엄마, 늘 고마워."

내 말을 듣고 엄마는 눈이 부신 듯 나를 바라보며 엷은 미소를 머금었다.

"고마워."

탕에 들어가 보니 옆구리에 시퍼런 멍이 들고 조금 부어올라 있었다. 이게 시퍼런 점 그대로 영원히 남지나 않을지 걱정스러웠다.

내일 학교 갈 준비를 하고 침대 속으로 들어갔다.

오늘 하루의 긴장과 흥분과 공포가 아직도 몸에 달라붙어 잠이 오지 않았다. 몸을 뒤척이는데 창밖에서 차가 멈춰 서는 소리가 들려 커튼을 열고 바깥을 엿보았다.

마침 아빠가 차에서 내린다. 자명종 시계를 보니 새벽 한 시를 넘어서는 참이었다. 아빠가 요즘 들어 귀가 시간이 늦은 데다 아침에도 서로 나서는 시간이 달라 대화할 틈도 거의 없었다.

다시 침대 속으로 파고들어 어둠을 응시하며 생각해 보았다.

아빠는 내가 남자들에게 습격당한 사실을 알면 회사를 그만두는 일이 있더라도 나를 지켜줄까?

어둠 속에서 아빠가 아닌 네 명의 구세주가 떠올랐다.

그들이라면 나를 지켜줄 수 있을 거야.

그것은 수식이나 문법이나 공식이나 이론 같은 것으로는 결코 설명할 수 없는 본능적인 확신이었다.

머리 한구석에서 천천히 잠의 물결이 일기 시작했다. 파도가 서서히 커지면서 구세주들 얼굴이 하나씩 지워졌다. 마지막으로 남은 것은 웜뱃 같은 야마시타 얼굴로, 나는 희미해져 가는 의식 속에서도 큭큭 웃었다.

나는 태어나서 처음으로 체험한 터프했던 하루를 웃음으로 마무리했다.

5

11월의 둘째 금요일, 나는 태어나서 처음으로 왕따를 당하는 신세가 되었다.

아침 인사를 해도 아무도 응해 주지 않았고, 다른 용건으로 말을 걸어도 다들 모른 척하며 고개를 홱 돌려버렸다. 게다가 매일 점심을 같이 먹던 우리 반에서 나랑 가장 사이가 좋은 사이코와 에리가 점심시간인데도 내 곁에 오지 않았다. 같은 반 여자애가 남자애랑 사귀는 게 들통 나 왕따를 당할 때 같은 분위기였다.

우리 학교는 중학교와 고등학교가 같이 있어서 6년간 거의 같은 얼굴들끼리 지내야 하는데, 그 반동으로 연애 충동이 강한 애들이 이상할 정도로 많다. 연애 충동이라고는 하지만 언젠가 백마 탄 왕자가 금발을 휘날리며 나타나는 상상을 하며 캬캬 떠들어 대고 즐기는 정도로, 실제로 남자애가 접근해 오면 두꺼운 방어막을 쳐버린다. 연애와 공부는 병행할 수 없으며 또한 세상에는 사귈 만한 남자가 별로 없다고 생각할 만큼 눈이 높기 때문이다. 간단히 말해서 한결같이 한눈팔지 않는 숙맥들이다.

나?

나는 멋진 남자애를 보면 멋지다고 생각할 뿐 지금까지 누구를 사귄 적은 없다. 애당초 남자애를 만나본 적이 없는 데다 공부하는 것만으로도 힘이 든다. 엄마 아빠의 뜻을 저버려 슬프게 만들고 싶지도 않다. 그렇게 공부만 하는 나를 보고 아야코 언니가 어떤 약속을 해 주었지만 그 약속은 끝내 이루어지지 않았다.

어쨌든 남자애와 거의 인연이 없이 지내는 우리 사회에서 홀로 돌출하여 남자애를 사귀면 묵시적인 룰을 깨는 '배신행위'로 취급당한다. 그 묵시적 룰이 올바른지 아닌지는 둘째치고라도 나는 룰을 깬 기억이 없다. 그렇지만 그 룰을 깼다는 오해를 받을 만한 일은 있다.

다섯째 시간이 시작되기 조금 전에 나를 향한 차가운 시선과 은밀한 수군거림을 참으며 수업 준비를 하는데 사이코와 에리가 다가왔다. 나는 사이코와 에리에게 웃음을 보냈다. 그러나 두 친구는 웃지 않았다.

"왜 말하지 않았어?"

사이코가 물었다.

"에?"

나는 무슨 말인지 알아들을 수 없었다.

"너무해. 친구라고 생각했는데."

에리는 충격을 받은 듯한 표정으로 말했다.

내가 어떻게 대응해야 할지를 몰라 우물쭈물하는 사이에 수업시간을 알리는 종이 울렸다. 반에서 가장 사이가 좋은 사이코와 에리는 불퉁한 표정으로 나에게서 시선을 돌리더니 제각기 자리로 돌아갔다. 공사현장에서 습격을 당한 지 사흘밖에 안 된 나에게 친구들의 행동은 너무도 충격적이었다.

담임 난다가 교실로 들어와 교단에 섰다. 난다는 늘 하는 버릇대로 말없이 우리를 둘러보았다. 나에게 시선이 머무는 순간, 불길한 예감 때문에 심장이 뛰기 시작했고 아직도 멍 자국이 남은 옆구리가 욱신거렸다.

"오카모토."

"예."

목소리가 좀 갈라져 나왔다.

"안색이 안 좋은데, 괜찮아요?"

설령 안색이 녹색으로 변했다고 해도 괜찮다고 대답할 생각이었다.

"예, 괜찮습니다."

난다는 가볍게 고개를 끄덕이고 수업을 시작했다.

잰걸음으로 교문을 벗어나 역방향으로 50미터 정도 걸어가자 어느새 박순신이 옆으로 다가와 있었다. 오해의 근원은 바로 이거였다.

"좀 떨어져서 걸어."

나는 신경질적인 목소리로 말했다.

"무슨 일이라도 있었어?"

"너 때문에 우리 반에서 왕따를 당할 지경이야."

박순신은 코웃음을 쳤다.

"네가 반 애들을 왕따시켜 버리면 되잖아."

혹시 이런 것을 코페르니쿠스적 전환이라고 하나? 아니면 단순한 오기? 어느 쪽이든 지금의 나에게는 아무런 도움이 안 되는 의견이다.

"어쨌든 보이지 않는 곳에서 지켜줘. 우리 학교는 남녀 교제에 대해 시끄러우니까 들키면 문제가 돼."

박순신은 눈썹 끝자락의 상흔을 긁적이며 발걸음을 늦추었다. 내 시야에서 박순신 모습이 사라졌다. 그와 동시에 불안이 엄습했지만 나는 뒤를 돌아보면서도 찾는 시늉은 하지 않았다.

역에 도착해 전차를 탔다.

역을 두 개 지났을 때 나는 자리에서 일어나 차량 연결 부분 문 앞에 서 있는 박순신에게 걸어갔다.

"아깐 미안했어. 신경이 좀 곤두서서 그랬어."

내가 사과하자 박순신은 마음에 두지 말라고 퉁명스럽게 말하고는 가볍게 웃었다.

집 가까운 역 개찰구에서 미나가타 팀을 만났다.

"진전이 있었어."

개찰구를 빠져나오는 나를 보자마자 미나가타가 그렇게 말했다.

"아기를 소개할게."

아기와 약속한 장소에 도착하기 전에 그의 간단한 프로필을 들었다. 미나가타 일당과 동급생이고, 일본과 필리핀 혼혈(게다가 필리핀 태생 어머니가 스페인과 중국의 피를 이어받았으므로 4개국 DNA 보유)에 초핸섬, 그리고……거대한 하반신…….

역에서 5분을 걸어 국도로 나섰다. 조금 앞쪽 차도 옆에 거무스름한 색상의 커다란 차가 우리 쪽으로 엉덩이를 들이민 채 서 있었다. 트렁크 문에는 'RANGE ROVER' 로고가 붙어 있었다.

"저 차는 면허 취득을 축하하는 뜻에서 미용회사를 경영하는 여사장이 선물한 거야."

아기에 관한 미나가타의 마지막 해설이었다.

차 왼편에 짙은 파란색 셔츠와 검은 바지 차림의 늘씬한 남자가 문에 등을 기댄 채 서 있었다. 인도를 지나는 모든 여자들이 그에게 시선을 던지며 지나쳤다. 우리 반대편에서 걸어오는 허리가 구부정한 할머니가 자신에게 눈길을 던지자 그는 할머니를 향해 가볍게 손을 흔들어 보였다. 그러자 할머니의 등이 갑자기 쭉 펴졌다. 우리 곁을 지나치는 할머니의 볼이 발갛게 물들어 있었다.

그 앞에 서는 순간, 나는 할머니의 기분을 알 것도 같았다. 뒤편으로 가볍게 물결치며 흘러내리는 윤기 나는 검은 머리칼, 4B연필로 그린 듯 윤곽이 깊고 뚜렷한 얼굴, 엷은 에메랄드빛 눈동자, 거기에다 갈색 피부는 너무도 매끄러웠다. 의식적으로 허리께에는 눈길을 주지 않았다.

"반갑습니다. 사토 겐입니다."

아기가 아닌 사토 겐이 자기소개를 하며 손을 내밀었다.

나는 어느새 세지도 않고 약하지도 않을 만큼 기분 좋게 힘이 들어간 손을 잡았다.

"어디로 가?"

사토 겐은 손을 놓고 미나가타에게 물었다.

"사람이 별로 없는 곳이 좋겠어."

오케이, 본토 발음을 내뱉으며 사토 겐은 나를 위해 조수석 문을 열어 주었다.

"자, 어서."

나에게 한 말이었다. 내가 우물쭈물하자 사토 겐은 괜찮다는 의미로 미소를 지었다. 나는 서둘러 조수석에 올라탔다. 그러고는 문이 닫히기까지 너무 부끄러워 그냥 고개를 숙인 채 있었다.

뒷좌석에 미나가타와 박순신과 가야노가 타고 야마시타는 짐칸으로 들어갔다. 아얏, 으앗, 가끔씩 들려오는 야마시타의 짧은 비명 소리와 함께 차가 앞으로 나아갔다. 나는 괜히 겸연쩍어서 옆자리의 사토 겐을 한 번도 똑바로 바라보지 않았다.

15분 정도 달려 사토 겐이 차를 도로 옆에 세우고는 어이, 야마시타, 하고 뒤쪽으로 말을 걸면서 트렁크 도어 스위치를 눌렀다. 야마시타는 오케이, 하면서 차에서 내려 트렁크 문을 닫았다. 차는 야마시타를 남기고 다시 출발했다. 영문을 몰라 하는 나에게 미나가타가 설명해 주었다.

"야마시타가 탈 때마다 주차할 자리가 없었거든."

차가 공영주차장으로 들어서자 딱 한 대가 주차할 만한 공간이 있었다.

"야마시타가 탔으면 이런 공간은 절대로 없었을 거야."

미나가타의 해설이었다.

정말일까?

주차를 한 다음 모두 차에서 내렸다. 내가 문을 열지 못해 우물쭈물하는데 문이 저절로 열렸다. 사토 겐이, 어서 오세요 공주님, 하는 느낌으로 문 앞에 웃으며 서 있었다. 주차장으로 마구 달려온 야마시타와 합류하여 시설 부지 안으로 들어섰다.

테니스 코트 옆을 지나 안쪽으로 향하자 야구장이 나타났다. 나이트 시설까지 갖춘 멋진 야구장으로, 백네트 뒤편에는 좁지만 관람석까지 갖추었다. 나와 사토 겐은 관람석 5열에 앉고 미나가타와 나머지는 4열에 앉았다. 사토 겐은 얇은 담요를 내게 건넸다. 나는 고맙다는 인사를 한 다음 그것으로 무릎을 덮었다. 사토 겐의 행동 하나하나가 신경 쓰였다. 그렇지만 정말 기분 좋았다.

필드에서는 시합을 끝낸 두 팀이 라커룸으로 돌아가는 중이었다. 하늘은 홍차색으로 불타올랐다.

미나가타가 사토 겐에게 물었다.

"그런데 어땠어?"

"에세이 대학 교무과에서 일하는 여자애한테 얻은 정보인데, 지금 대학 측은 필사적으로 소문을 잠재우려 애쓰는 모양이야."

"무슨 소문?"

"너희 추측이 맞았어. 다니무라 교수와 자살한 우에하라 아야코의 불륜관계. 그렇지만 언론이 눈치 채는 것도 시간문제일걸. 대학가의 스타 교수 다니무라에 관련된 가십이니까."

우리 얼굴에 물음표가 찍힌 것을 느꼈을까, 사토 겐이 나에게 물었다.

"오카모토 씨도 텔레비전을 안 보는 편?"

내가 고개를 끄덕이자 사토 겐은 너희하고 똑같네, 하며 겔겔겔 웃었다.

"텔레비전을 안 보는 너희를 위해 해설을 해 주지. 에세이 대학에서 교수 취임 최연소 기록을 세운 법대의 다니무라 시게루는 탤런트 교수이기도 해. 텔레비전을 켜면 정치경제는 물론이고 탤런트와 관련된 가십에 대해서도 코멘트하는 모습을 볼 수 있을 거야. 그런데 우에하라 아야코가 다니무라의 학생이면서 애인이기도 했다는 사실을 언론이 냄새 맡기 시작했다는 소문이야."

"우에하라 씨 자살 때문에 불륜이 드러나게 되었다는 건가?"(미나가타)

"그보다는 미모의 여대생이 자살한 현장에 다니무라가 있었다는 사실만으로도 충분한 뉴스거리가 된다는 거지. 언론은 억지로라도 그쪽으로 이야기를 끌고 갈 거야. 아마도 아직은 불륜 증거가 없는 모양이야."

"다니무라는 결혼했을 텐데?"(가야노)

아기는 고개를 끄덕였다.

"다니무라 입장에서는 불륜 사실이 밝혀지면 곤란하겠네. 그렇다면 자살이 아니라는 오카모토 씨의 추측도 혹시?"

가야노가 거기까지 말하자 사토 겐은 고개를 가로저었다.

"경찰은 그런 선에서 수사하지 않는 모양이야. 우에하라 아야코가 떨어진 6층 교수 연구실에서 의심할 만한 건 하나도 없었으니까."

"의심할 만한 거라면?"(미나가타)

"우에하라 아야코가 저항했다거나 누군가에게 떠밀렸다는 흔적 같은 거. 일본경찰은 그런 걸 밝히는 데 뛰어난 솜씨를 가졌거든. 다니무라도 일단 조사를 받았지만 금방 풀려났어. 게다가 나카가와라는 증인도 있었고."

"혹시 다니무라와 나카가와가 결탁해서 거짓말을 한 건 아닐까?"(가야노)

"뭣 때문에? 애당초 우에하라 아야코를 죽여서 다니무라에게 무슨 이득이 있을까? 단순한 불륜 쪽이 더 합당할 거야. 나카가와에게도 무슨 이득이 있겠어?"

"역시 축제를 위해서?"(가야노)

"그런 거 때문에 자기 미래를 날려? 만일 다니무라가 우에하라 아야코의 등을 밀었고, 나카가와가 위증을 했다면 형법 103조 범인 은닉죄에 해당하니까 언론도 가만있지 않을걸. 그런 위험을 떠안으면서까지 거짓말을 할 만큼 축제에 어떤 가치나 이점이 있다면 이야기가 달라지겠지만."(아기)

"또 다람쥐 쳇바퀴야. 결국 우리는 소문을 확인한 것뿐이네."(미나가타)

"넌더리가 나."(박순신)

"이제 슬슬 맞부딪쳐 가야겠지."(미나가타)

사토 겐이 아하하, 하고 즐겁게 웃었다.

"어제 에세이 대학에 가서 다니무라의 형법 강의를 들었지. 과연 스타 교수답게 강의실은 초만원. 군데군데 눈매가 날카로운 어깨들이 앉아 있었는데 아마도 체육계 애들일 거야. 강의가 끝나자 그 애들이 다니무라를 호위하면서 강의실을 빠져나가더라고. 대학 안에서 수행하는 보디가드인 모양인데 언론 대책치고는 너무 삼엄했어. 이번 건은 파고들면 들수록 예상치 못한 보물이 나올지도 몰라. 어떡할까? 내가 계속 조사해?"

미나가타가 나를 바라보았다. 나는 잠시 망설이다가 사토 겐을 바라보며 고개를 끄덕였다. 사토 겐은 즐거운 표정으로 웃어 보였다.

"그럴 줄 알았어. 어제 에세이 대학 축제 실행위원인 여대생 하나를 알아두었어. 오늘 밤 그 여대생과 디너를 즐기면서 정보 수집을 할 거야."

"어차피 침대에서겠지."(미나가타)

"정숙한 여고생 앞에서 천박한 말은 하지 말아 줘. 오늘은 여기까지. 난 디너를 즐기러 가야 하니까."

사토 겐이 자리에서 일어섰다.

"이렇게 하여 오늘은 여기까지. 디너파티에 늦으면 안 되니까."

앞 유리창 너머로 보이는 하늘이 붉은색에서 짙은 커피색으로 바뀌어 간다.

차는 우리 집 쪽으로 향했다. 차 안에서 침묵이 흘렀다. 다들 앞으로의 일을 생각하는 듯하다. 나는 아야코 언니의 죽음이

예상보다 더 질긴 뿌리 깊은 곳에 그 원인이 있다는 사실을 알고 마음이 무거웠다. 내가 시작한 일이지만 더 파고들어야 할지 망설여졌다. 문제를 파고들었다가 아야코 언니 명예가 실추되기라도 한다면.

"음악이라도 들을까."

무거운 분위기를 날려버리고 싶다는 듯 사토 겐은 카스테레오로 손을 뻗었다.

힘찬 전자기타 전주가 흘러나왔다. 그 순간, 사토 겐이 이크, 하고 작게 외쳤다. 사토 겐은 황망히 스테레오 조작 버튼을 눌러 전자기타 음을 지워버렸다. 이번에는 착 가라앉은 피아노 선율이 흘러나오기 시작했다. 아마도 재즈인 모양이다. 나는 사토 겐이 당황하는 이유를 몰라 이상하다는 생각을 하면서 피아노 선율에 귀를 기울였다. 곡이 한창 감정을 고조시킬 즈음 뒤편에서 흑흑, 흐느끼는 소리가 들려왔다. 뒤를 돌아보니 미나가타와 가야노와 박순신은 말짱했다. 다만 표정이 딱딱하게 굳어 있었다.

"울지 마, 멍청이……."

미나가타가 뒤편 짐칸 쪽을 향해 말했다.

야마시타는 울음을 멈추지 않았다.

미나가타는 울지 말라는 말을 더는 하지 않았다.

집 가까운 역 앞에 도착했다.

박순신과 가야노와 야마시타가 먼저 차에서 내렸다.

"계속 잘 부탁해. 오늘은 얼마?"

미나가타가 사토 겐에게 물었다.

"오늘은 대단한 정보도 없었으니까 기름값까지 합해서 5천 엔으로 하지 뭐."

미나가타는 5천 엔을 지불하고 차에서 내렸다. 차가 우리 집을 향하여 출발하자 너무 울어서 눈이 퉁퉁 부어오른 야마시타가 내 쪽을 보며 손을 흔들었다. 나도 손을 흔들어 주었다.

차가 모퉁이를 돌아든 다음에 내가 물었다.

"말 좀 해 주실래요?"

사토 겐은 어쩔 수 없다는 듯 고개를 끄덕이더니 핸들을 꺾어 길가에 차를 세웠다.

"얼마 전에 저 녀석 친구가 아파서 죽었어. 물론 내 친구이기도 했지만. 아까 그 곡은 그 친구가 좋아하던 거였어."

사토 겐은 멀리 앞쪽으로 시선을 던진 채 말했다.

사토 겐은 스테레오로 손을 뻗어 그 곡을 다시 틀어 주었다.

우리는 잠시 그렇게 음악을 들었다. 록에 대해 잘 모르는 내가 들어도 금방 록인 줄 알 만큼 힘이 넘치는 곡이었다. 특히 보컬의 목소리가 너무 개성적이라 한번 들으면 결코 잊을 수 없을 것 같았다. 사토 겐이 볼륨을 조금 줄이면서 말했다.

"우리 방에서 처음 이 곡을 들었을 때 미나가타와 순신과 가야노와 야마시타는 가사의 의미도 모르면서 그냥 마음에 든다고 몇 번이나 반복해서 들었는데, 히로시, 죽은 애 이름이야, 가사를 그 애가 번역해 주었어. 히로시는 흑인하고 일본인 사이에서 태어난 혼혈인데, 옛날에 오키나와에 살았기 때문에 영어를 좀 해. 미나가타하고 우리는 마치 옛날이야기를 듣는 기분으로 히로시의 번역을 들었지. 그래서."

사토 겐이 볼륨을 높였다. 보컬 남자가 환희에 찬 목소리로 외쳤다.

"이 부분이 흘러나왔을 때 우리는 모두 환호성을 질렀어."

사토 겐은 다시 볼륨을 줄였다.

"뭐라고 노래하는 거죠?"

"안 팔리는 밴드에서 노래를 부르는 남자가 자기 애인에게 레코드 회사가 거액의 계약금을 주었다고 외치는 내용이야."

나는 나도 모르게 웃고 말았다. 이들이 좋아할 만한 내용인 것 같았다. 사토 겐은 아득한 눈길로 내 얼굴을 바라보았다.

"저 애들은 노래의 그 부분이 마음에 들어서 엉망진창 발음으로 따라 불렀더랬어. 그랬더니 듣고 있던 히로시가 풋, 하고 웃는 거야. 방금 네가 웃었듯이. 그 뒤로 히로시가 좀 우울해하면 우리 모두 그 노래를 엉터리 발음으로 불러서 히로시를 웃겨주었어. 히로시는 자주 아득한 눈길을 하니까. 그래서 우리는 노래를 불러 그 눈길을 우리 곁으로 끌어오려 했던 거야."

사토 겐은 '아득한 눈길을 한다'라는 현재형을 썼다. 히로시라는 사람은 사토 겐의 가슴속에 아직도 살아 있는 것 같았다.

곡이 끝나자 사토 겐은 스테레오를 껐다.

"걔들이 네 일에 뛰어든 건 아마도 네 마음을 알았기 때문일 거야. 그놈들, 히로시를 돕지 못했다는 자책감이 있어. 네가 이렇게 움직이게 된 것도 우에하라 아야코의 죽음에 대해 애절한 마음을 가졌기 때문이 아닐까?"

고개를 끄덕였다. 나는 아야코 언니에게서 죽음으로 이어질 만한 이유를 보지 못했다. 늘 내 이야기를 하기에 바빠서 언니의 변화를 눈치 채지 못했다. 마지막 전화통화에서 아야코 언니가 미안하다고 말하던 목소리가 아직도 귀에 또렷이 남아 있다. 나는 그렇게 간단히 전화를 끊어서는 안 되었다. 그런 나 자신을 용서할 수 없어 이렇게 움직이는 것이다.

"그놈들 자책하듯이 육체노동을 하면서 마치 지옥에라도 빠진 것처럼 침울했는데, 오늘은 정말 밝아 보였어."

사토 겐은 내 눈을 똑바로 쳐다보며 말을 이었다.

"그러니까 그놈들이 네 싸움에 마지막까지 참가하도록 해 줘. 나도 마지막까지 같이할 테니까. 그놈들, 사건 속에 들어갈 때 가장 생생하거든."

나는 사토 겐의 눈길을 맞받으며 고개를 끄덕였다.

"오히려 내가 잘 부탁드려요."

사토 겐이 밝은 웃음과 함께 땡큐, 하고 완벽한 발음을 구사하면서 내 볼을 살짝 만졌다. 갑자기 의식이 아득해졌지만 억지로 참았다.

차가 집 앞에 도착했다.

"앞으로 나를 아기라고 불러줘. 우리 엄마 이름이 아기날드라서 간단히 줄인 거야."

아기는 운전석에 앉은 채 그렇게 말했다.

"문 안 열어줘?"

내 말을 듣고 아기 얼굴에 'Why?'라는 표정이 떠올랐다.

"넌 우리 동지야. 자기 일은 자기가 알아서 해. 어리광 부리면 안 돼."

'동지'라는 말이 너무 기분 좋아 나는 시트벨트를 풀며 물었다.

"왜 동지에게서 돈을 받아?"

아기는 어린애처럼 볼을 발갛게 물들이며 말했다.

"생각해 봐. 그놈들하고 정말 친구처럼 지내는 게 얼마나 민

망한 줄 알아?"

어딘가 뒤틀려 있다. 그렇지만 그 기분 알 것 같기도 했다. 그놈들이 너무너무 좋아서 견딜 수 없는 것이다.

문을 닫을 때, 아기는 다짐을 하듯이 말했다.

"그놈들 잘 부탁해."

6

내 눈앞에 다니무라가 있다.

네모반듯한 상자 안에.

나는 거실 소파에 앉아 오랜만에 텔레비전을 본다. 어제 아기에게 들은 대로 텔레비전을 켜고 채널을 돌렸더니 그냥 다니무라가 나왔다. 지금 다니무라는 생방송 '밤의 정보'라는 프로그램의 조언자로 출연하여 연예인 커플의 파국에 대해 이야기한다. 쉰을 넘긴 사람으로는 보이지 않을 만큼 명석하게 언어를 구사하는, 젊고 단정한 얼굴의 소유자였다. 화면이 잘 받는 사람인 것만은 분명해 보이지만, 때로 카메라를 향해 웃음 띤 표정을 드러내는 꼴이 너무 꾸민 듯해서 은근히 짜증이 났다.

아야코 언니가 저런 남자와 관계했다는 게 믿기지 않았다.

이어서 화면에 먼 나라 전쟁 영상이 흘러나오기 시작했다. 조금 전의 화면과는 너무나 다른 세상이어서 당혹스러울 지경이었다. 그때 전화벨이 울렸다. 리모컨으로 소리를 지우고 테이블 위 무선전화기를 들어 통화버튼을 눌렀다.

"어이."

미나가타 목소리였다.

"안녕."

"지금 나올 수 있어?"

"에? 왜요?"

"좀 움직여 볼까 해서."

벽에 걸린 시계를 보았다. 밤 아홉 시 38분.

"이런 늦은 시간에?"

"응."

"중요한 일인가요?"

"응."

"내가 나가는 게 좋아요?"

"응."

미나가타 목소리는 내가 나오리란 것을 철석같이 믿는 듯했다.

"알았어요. 지금 갈게요."

"앞으로 5분 후에 아기가 그쪽으로 갈 거야. 우리와 합류할 때까지는 아기 지시에 따라줘."

"알았습니다."

"그럼 나중에 봐."

전화를 끊었다.

앞으로 5분.

서둘러 텔레비전을 끄고 이층으로 뛰어 올라가 외출준비를 했다. 집에서 입는 스웨터를 벗고 청바지에 빨강, 파랑, 하양 삼색의 체크무늬 셔츠를 입은 다음, 마지막으로 카키색 다운베스트를 걸쳤다. 사복차림으로 그 애들을 만나는 건 처음이라 문득 여자애답게 코디를 해야 하나 고민했지만, 그럴 만한 시간적 여유도 옷도 없었다.

지갑을 가져갈까 5초쯤 생각하다가 그냥 책상 위에 내려놓았다. 일단 1층으로 내려가 욕실에 있는 엄마에게 문 바깥에서 말했다.

"엄마, 잠깐 나갔다 올게."

"갑자기 왜?"

욕실 공간 속에서 메아리치는 엄마의 목소리.

"요 앞에 친구가 와 있어. 무슨 의논할 일이 있는 모양이야."

요즘은 입만 열었다 하면 거짓말이다. 가슴이 아프다.

"집으로 오라고 하지 왜."

"패밀리 레스토랑에서 기다린대. 갔다 올게."

5초 정도 침묵이 흐른 뒤, 엄마가 말했다.

"조심해. 가능한 한 빨리 오고."

"응, 다녀올게."

현관에서 감색 스니커즈를 신고 바깥으로 뛰쳐나갔다. 문을 잠그는데 불현듯 엄마 혼자 집에 남겨두어서는 안 될 것 같은 생각이 들었다. 아빠는 토요일인데도 일 때문에 외출했다. 그렇지만 어쩔 수 없는 노릇이다. 얘들이 벌써 움직였으니까.

아기는 나를 위아래로 훑어보며 말했다.

"스니커즈 빼고는 그런대로 괜찮네. 넌 소재가 좋으니까 센스만 잘 닦으면 멋진 숙녀가 되겠어."

갑자기 정신이 아득해지는 느낌에 사로잡혔지만 겨우 정신을 추슬렀다.

"악당한테 칭찬 듣는다고 좋아할 사람이 아냐."

아기는 뭐가 즐거운지 겔겔겔 웃었다.

"남한테 악당이란 말은 처음 들어봐."

나는 갑자기 창피하다는 생각이 들어 괜히 큰소리로 말했다.

"쓸데없는 말은 안 했음 좋겠어. 빨리 가기나 해."

오케이, 오케이. 완벽한 발음으로 외치며 아기는 차를 출발시켰다. 나는 차가 국도로 들어서자마자 물었다.

"그런데, 어디 가?"

"호텔."

"농담하지 마."

"정말이야."

"……."

아기는 다시 겔겔겔 웃고 나서 말했다.

"걱정하지 마. 나는 동의하지 않는 상대하고는 섹스 안 해. 지금부터 다니무라가 머무는 호텔로 가는 거야."

놀라서 아기 얼굴을 보았더니 무서운 눈길로 앞을 응시한 채 운전에 열중했다.

"다니무라는 매주 토요일 고정 프로그램을 마친 다음 하치오지에 있는 집으로 돌아가지 않고 반드시 도심 호텔에서 자."

고정 프로그램이라면 아까 보았던 정보 프로그램이 아닐까.

"그 호텔에서 다니무라를 붙잡아 이번 사건에 관해 직접 물어볼 생각이야. 물론 행동은 그놈들이 해. 나는 정보담당."

"그런 짓을 해도 괜찮을까?"

내가 그렇게 묻는데 차가 빨강 신호등에 잡혀 멈춰 섰다. 아기는 이상하다는 표정으로 나를 바라보며 말했다.

"상식적인 행동으로는 절대 진실에 접근할 수 없어."

차가 다시 출발했다. 신호 다섯 개를 지나고 다시 물었다.

"다니무라가 호텔에 머문다는 정보는 어디서 얻었어?"

"사귀는 여자 가운데 텔레비전 방송국 프로듀서가 있어. 그 여자한테 들었지. 아, 그리고 말이야. 에세이 축제 실행위원인 여자한테서 대단한 정보를 하나 얻었지. 나중에 이야기해 줄게."

"정말 대단해."

"뭐가?"

"단번에 안 넘어가는 여자가 없는 모양이네."

아기는 그 말에 다시 겔겔겔 웃었다.

"왜 웃어?"

나는 살짝 화난 어투로 물었다.

"너, 화법이 아주 고전적이야. 흠, 느낌이 좋아."

화를 내야 할지 좋아라 해야 할지…….

"너, 〈대부2〉 봤어?"

갑자기 아기가 물었다.

나는 고개를 가로저었다.

"〈대부〉라는 영화가 있다는 건 알아."

"영화에 나오는 주인공 대사 가운데 이런 게 있어. '이 세상에서 확실한 건 하나뿐이야. 역사도 그것을 증명해 주지. 사람을 죽일 수 있다는 거.'"

"그래서?"

"이 세상에서 가장 확실한 건 하나뿐이야. 역사도 그것을 증명해."

아기는 그 대사를 암송하더니 빨강 신호를 받고 섰다. 아기가 나를 바라보며 말을 이었다.

"여자를 자빠뜨릴 수 있다는 거."

차는 한 시간을 달려 니시신주쿠의 고층 빌딩가로 들어섰다.

신주쿠 중앙공원 가까운 주차장에 차를 세웠다. 차에서 내리기 전에 아기는 선글라스와 퍼플 캡을 건네주었다.

"뭔데 이건?"

"변장 도구."

"난 안 할래."

"그냥 해. 네가 말을 안 들으면 그놈들한테 내가 욕먹어."

나는 떨떠름한 표정으로 선글라스를 끼고 캡을 덮어썼다. 아기가 상냥하게 웃으며 말했다.

"잘 어울려."

화를 내야 하나 웃어야 하나…….

아기는 하얀 셔츠 위에 번쩍이는 검은 재킷을 걸쳤다. 갑자기 어른스러워 보였다.

"출발."

인적 없는 고층 빌딩가를 잰걸음으로 나아갔다.

조금 앞에 큰 빌딩이 보였다. 건물 창을 아래로 헤아리다가 12번까지 세고 포기하고 말았다. 적어도 50층은 될 것이다.

"저 호텔이야."

아기는 내가 층수를 헤아리던 빌딩을 가리킨 다음 손목시계를 보았다.

"우리가 좀 빨리 왔네."

커다란 건물 세 개가 이어진 호텔이었다. 다른 호텔 빌딩은 그 압도적인 위용 때문에 기가 죽었는지 잔뜩 몸을 움츠린 듯했다. 창문 불빛은 많이 꺼져 있었다. 밤의 어둠만 남는다면 참으로 음침하게 보일 것이다. 지금이라도 나를 덮칠 듯한 거대한 로봇 같은.

가운데 건물 입구로 들어서자 아기가 갑자기 내 손을 잡았다. 깜짝 놀라 어깨를 부르르 떨자니 아기의 부드러운 음성이 들려왔다.

"힘 빼."

나는 입구에 서 있는 벨 보이가 눈치 채지 못하게 깊이 숨을 들이마셨다.

호텔 안으로 들어갔다.

아기의 손이 이끄는 대로 넓은 로비를 가로질러 라운지에 들어섰다. 우리가 앉은 자리에서 프런트 스페이스가 훤히 보였다. 아기는 커피를, 나는 카페오레를 주문했다.

"미나가타는 어디 있어?"

프런트를 살피는 아기에게 물었다.

"어딘가 있을 거야."

아기는 무덤덤한 표정으로 대답했다.

박순신이 옆에서 지켜주면 얼마나 좋을까 하는 생각이 들어 로비를 둘러보며 찾았지만 보이지 않았다. 카페오레가 나왔다. 긴장 때문에 바짝 말라버린 목 안으로 빨아들이다가 너무 뜨거워 그만 앗뜨, 하고 비명을 지르고 말았다.

"왔어."

아기의 시선을 따라가 보았다. 아까 텔레비전에서 본 얼굴이 프런트 쪽으로 걸어간다. 아기가 전표를 들고 말했다.

"출발."

나는 물을 단숨에 들이켜고 고개를 끄덕였다.

우리가 라운지를 나설 즈음 다니무라는 프런트에서 체크인을 하고 방으로 올라가기 위해 엘리베이터 쪽으로 걸어갔다.

아기는 다시 내 손을 잡고 잰걸음으로 다니무라 뒤를 따랐다. 다니무라의 등이 눈앞에 다가왔다. 다니무라가 엘리베이터 플로어 앞에 멈춰 서서 '↑' 버튼을 눌렀다. 다니무라를 따라잡은 아기와 나는 그 옆에 섰다. 다니무라가 우리에게 힐끗 눈길을 던졌다. 나는 순간적으로 눈이 마주쳤지만 금방 엘리베이터 쪽으로 시선을 돌렸다. 옆에서 인기척이 났다. 미나가타였다. 그리고 바로 박순신이 합류하고 이어서 가야노, 마지막으로 야마시타가 나타났다.

엘리베이터 플로어에 긴장감이 흘렀다. 서글프게도 몸이 떨려 견딜 수가 없었다. 아기가 내 손을 꼭 잡아주었다. 겨우 떨림이 멈추었다.

다니무라도 뭔가 이상한 기운을 느꼈는지 수상쩍어하는 표정으로 미나가타를 바라보았다. 박순신이 천천히 움직이더니 다니무라 뒤에 붙어 섰다.

"잘 들어. 지금부터 우리는 에세이 대학 학생이다."

박순신의 낮은 목소리가 들렸다. 다니무라의 몸이 움찔했다. 고개를 약간 돌려 박순신 쪽을 바라보았다. 박순신은 손가락으로 가볍게 다니무라의 등을 찌른 상태였다.

"만일 소리를 내면 이걸 사용할 수밖에 없어."

손가락이 날카로운 칼끝으로 보였다. 다니무라의 몸이 부들

부들 떨리기 시작했다.

“마음 놓아도 돼.”

미나가타가 그렇게 말하자 다니무라는 미나가타 쪽으로 머뭇머뭇 고개를 돌렸다. 미나가타가 말했다.

“우리는 방에서 당신 대학에 대해 즐겁게 몇 마디 대화를 나누고 싶을 뿐이야.”

엘리베이터 도착을 알리는 램프가 켜지고 문이 열렸다. 그러나 다니무라의 발은 움직이지 않았다.

“타시죠, 선생님.”

박순신의 말에 다니무라는 멈칫거리면서 엘리베이터 안으로 발을 들여놓았다. 등뒤에 박순신이 착 달라붙어 있었다. 우리도 안으로 들어섰다.

“눌러.”

박순신의 명령에 따라 다니무라는 ‘53’ 버튼을 눌렀다. 엘리베이터가 움직이기 시작했다. 층수를 표시하는 숫자가 점점 올라간다. ‘30’을 넘었을 때 다니무라가 갈라터진 목소리로 말했다.

“나카가와 군을 협박하는 게 자네들인가?”

나카가와를 협박해? 누가? 우리가?

미나가타는 대답하지 않았다.

숫자가 '53'으로 바뀌고 엘리베이터는 멈춰 섰다.

"부탁해. 내가 이걸 사용하지 않게 해 줘."

박순신의 말이 떨어지자마자 문이 열렸다. 엘리베이터를 나서는 다니무라를 선두에 세우고 복도를 걸어갔다. 앞에서 양복 차림의 중년남자와 화려한 원피스 차림의 젊은 여자가 팔짱을 끼고 걸어간다. 두 사람은 우리를 보자마자 팔짱을 풀고 눈을 내리깔았다. 아마도 수상쩍은 관계일 것이다. 그렇지만 우리에게는 다행스런 커플이었다. 실망한 듯 내쉬는 다니무라의 한숨 소리가 내 귀에까지 들렸다.

'5312' 앞에 멈춰 섰다.

다니무라는 양복 호주머니에서 카드 키를 꺼내 문을 열었다.

방으로 들어선 미나가타 일행은 리허설을 거친 듯 군더더기 하나 없이 일사불란하게 움직였다. 다니무라를 방 한가운데로 옮긴 의자에 앉히고 손을 뒤로 돌려 수갑을 채운 다음, 의자 다리와 그의 다리를 로프로 묶고 마지막으로 눈에 마스크를 씌워 다니무라를 완전히 장악한 후 조명을 켰다. 커다란 창 바깥으로 펼쳐지는 야경의 매력이 절반으로 뚝 떨어졌다.

미나가타와 나와 박순신이 다니무라 앞에 서고, 가야노와 야마시타는 킹사이즈 침대에 앉고, 아기는 데스크에 걸터앉았다.

아무도 입을 열지 않았다. 다니무라 얼굴이 공포에 질려 바르르 떨린다.

"원하는 게 뭔가?"

다니무라가 물었다.

아무도 대답하지 않았다. 다니무라는 마른 입술을 혀로 축이며 다시 물었다.

"우에하라 문제인가? 그렇다면 난 아무 관계도 없어. 그건 그냥 자살이야. 경찰도 인정한 거야!"

박순신이 데스크 위에 놓여 있는 볼펜을 집어 들더니 펜 끝을 다니무라 목에 들이댔다. 다니무라는 히잇! 하고 짧은 비명을 지르면서 온몸을 부르르 떨기 시작했다.

"한 번만 더 큰소리 내봐! 엉, 알았어!"

박순신의 말에 다니무라는 몇 번이나 고개를 끄덕였다.

"나카가와가 우리에 대해 무슨 말을 했지?"

미나가타가 물었다.

"우에하라양 사건으로 자신을 협박하는 작자들이 대학 내에 있다고. 그들이 나와 우에하라의 관계를 증명할 자료를 가졌다고. 그 문제를 자기가 해결해 주겠다고 했어."

"관계라는 건, 불륜관계를 말하는 거겠지?"(미나가타)

잠시 망설이다가 다니무라는 고개를 끄덕였다.

"너에게 보디가드를 붙인 것도 나카가와지?"

다니무라는 고개를 끄덕였다.

"자기가 거느리는 애들이 당했으니 혹시 모른다면서. 나머지 문제는 알아서 잘 처리할 테니 걱정하지 말라고. 나더러는 무슨 일이 있어도 입을 다물라고……."

미나가타는 눈을 가늘게 떴다. 있는 힘을 다해 뭔가를 생각하는 것 같았다. 미나가타의 입이 움직였다.

"자기 외에 당신을 협박할 만한 존재가 나타나자 나카가와는 먹잇감을 빼앗길지도 모른다는 위기감을 느낀 거지."

다니무라는 고개를 끄덕였다. 우리는 서로 얼굴을 바라보았다. 나카가와는 다니무라를 협박하여 무엇을 얻으려는 것일까? 돈? 성적? 아니면?

아기가 발언권을 요구하듯 가볍게 손을 들었다. 미나가타가 고개를 끄덕였다. 아기가 입을 열었다.

"당신을 협박하는 것도 축제에서 마련되는 돈도 나카가와는 자신의 욕망을 위해 이용하려는 거겠지."

축제에서 마련되는 돈? 나카가와의 야망?

다니무라는 체념한 듯 고개를 떨구고 말했다.

"두 달 전에 여당에서 선거출마를 제안했다는 이야기를 나카가와 앞에서 그만 툭 내뱉고 말았지. 그 이야기를 들은 다음부터 그는 노골적으로 내게 이런저런 지시를 내리기 시작했어."

"어떤 지시?"

미나가타가 물었다.

"일단 우에하라와의 관계를 청산하라고 요구했어. 나는 지시에 따라 우에하라와 헤어지려고 했지만 우에하라가 고집을 부렸어. 그녀는……나와 결혼하기를 원했어. 하지만 나에게는 처자가 있어. 그건 불가능한 일이야."

"그래서 우에하라 아야코의 등을 밀었구만."

미나가타가 단정하듯이 말했다.

"아니야!"

다니무라는 큰소리로 외쳤다. 소리친 것을 후회하는 듯 길게 숨을 토해 내고 말을 이었다.

"그녀는 정말로 스스로 뛰어내렸어……."

미나가타가 박순신을 바라보며 고개를 끄덕였다. 박순신은 볼펜 끝을 다니무라의 경동맥에 갖다 댔다. 다니무라의 허벅지가 달달 떨리기 시작했다. 박순신이 말했다.

"우에하라 아야코가 죽었을 때 이야기를 해 봐. 나는 거짓말은 질색이야. 알았지?"

다니무라가 크게 고개를 끄덕이자 박순신은 자백을 재촉한 다음 볼펜을 뗐다. 다니무라는 잠시 숨을 고르고 나서 입을 열었다.

"그날 강의를 모두 끝내고 연구실로 들어갈 준비를 하는데 우에하라가 들어왔어. 그녀에게 지난밤에 더는 개인적으로 만나지 않는 게 좋겠다고 말했지. 약간의 돈을 건네주었고. 지도교수도 바꿔달라고 부탁했어. 그때 별다른 말도 없었기 때문에 나는 우리 관계를 자기 입으로 정리하러 온 줄로만……. 그런데 아니었어. 낙태한 사실을 고백하면서 관계를 회복하고 싶다고 했지……. 나를……사랑한다면서 울음을 터뜨렸어. 나는 너무 혼란스러워서 그녀에게 진실을 말하고 말았어."

다니무라는 거기까지 말하고 우물쭈물 입을 다물었다. 박순신이 움직이려 하자 다니무라는 재빨리 그 기척을 알아차리고 황망히 입을 열었다.

"나는 나카가와가 쳐 놓은 덫에 걸리고 만 거야. 우에하라와 나를 엮어 준 것도 그였어. 우에하라가 나에게 많은 관심을 보인다는 걸 알고 관계를 맺도록 분위기를 띄운 거지. 나는 피해자야."

"어떻게 분위기를 띄웠어?"

미나가타의 물음에 다니무라는 착 깔린 목소리로 대답했다.

"아직 우에하라와 아무 일도 없었을 때, 이 호텔 방에 나카가와와 우에하라가 놀러온 적이 있었어. 그때 우에하라가 심하게 취해서 그만 잠이 들어버렸어. 나중에 생각해 보니 아마도 나카가와가 술에 약을 탔기 때문이 아닐까 싶어. 우에하라는 뒤가 깨끗한 여자이고 그녀가 스스로 그런 관계를 원한다는 말을 남기고 나카가와는 방을 나가 버렸어……."

"그런 사실을 우에하라 아야코에게 말했던 거지?" 하고 미나가타가 물었다.

다니무라는 고개를 끄덕이고 말을 이어 갔다.

"그래서 나는 우에하라에게 연애감정 같은 건 없었다고 고백했지. 그녀는 그 말을 듣고 한참 동안 울더니 울적한 눈길로 가만히 앉아 있다가 갑자기 자리에서 일어나 창문을 열었는가 싶었는데."

다니무라의 턱이 아래로 툭 떨어졌다. 다니무라는 기어들어가는 목소리로 찌꺼기를 짜내듯이 말했다.

"우에하라는 나를 돌아보며 미소를 짓고는 창밖으로 몸을 던졌어."

나는 다니무라 쪽으로 움직였다. 오른 주먹을 치켜들었다. 그러나 곁에 있던 박순신이 어느새 내 손을 낚아챘다. 나는 그 자리에 멈춰 섰다.

"놔!"

나는 박순신을 향해 외쳤다.

"저항하지 않는 인간을 치려고?"

"시끄러! 이거 놓지 못해!"

박순신은 미간을 찌푸리며 나를 똑바로 바라보고 말했다.

"알았어. 그렇지만 조금만 기다려."

박순신이 내 손을 놓더니 검은 재킷을 벗고 셔츠의 등 부분을 잡아 좌악 찢었다.

좌악! 그 메마른 소리에 놀라 나는 반사적으로 등을 부르르 떨었다. 박순신은 찢은 셔츠의 반을 어깨에 걸친 다음, 다른 반쪽을 내 오른 주먹에 감기 시작했다.

"사람을 쳐 본 적 없지? 미래를 생각해서라도 여기서 뼈가 부러지면 안 돼."

박순신은 내 주먹에 천천히 천을 감았다. 천을 다 감았을 때는 태어나 처음으로 느껴보았던 그 충동도 어느새 박순신의 기세에 눌려 완전히 누그러져 버렸다. 나는 두 어깨를 늘어뜨렸다. 박순신은 내 얼굴에서 선글라스를 벗기고 어깨에 걸친 나머지 천으로 내 볼에 흐르는 눈물을 닦아 주었다. 나는 박순신의 가슴에 얼굴을 묻고 소리 없이 울었다. 다니무라가 내 울음소리를 들었을지도 모른다.

5분 정도나 울었을까. 나는 박순신의 셔츠로 얼굴을 닦고 다시 다니무라를 마주 보고 섰다. 다니무라의 볼은 아까보다 더 까매 보였다. 아마도 초조감에 떨고 있을 것이다. 미나가타가 나를 향해 고개를 끄덕이더니 한참 만에 입을 열었다.

"우에하라 아야코가 뛰어내린 다음을 이야기해 봐."

"……창밖을 내려다보았더니 우에하라 몸이 건물 뒤편 인도에 축 늘어져 있었어. 밤이라서 건물 뒤편에는 다니는 사람도 없었어. 나는 나카가와에게 전화를 해서 사정을 설명했지. 축제 준비 때문에 학교에 와 있던 나카가와가 달려와 우에하라가 뛰어내렸을 때 자기도 그 자리에 있었던 걸로 하라기에 그렇게 하겠다고 약속했어. 그리고 우에하라의 가방을 뒤져 그녀에게 주었던 수표를 찾아내 돌려주면서 자기가 시키는 대로만 하면 아무 문제 없을 거라고. 만일 경찰에 쓸데없는 말을 했다가는 언론에 모든 것을 밝혀 사회적으로 나를 매장해 버리겠다고 협박하는 바람에……. 나카가와는 연구실 수화기를 내게 건네면서 이렇게 말했어. '여대생 하나가 고민을 상담하던 중에 갑자기 뛰어내렸을 뿐이다. 이런 일은 어디서나 일어날 수 있다. 길을 가다 사고를 당한 것과 같으니까 마음에 둘 필요 없다.' 나는 다급한 김에 그 말을 억지로 내 형편에 맞게 받아들이고 119에 전화를 걸어서……."

내가 또 다니무라를 치고 싶은 충동에 사로잡힌 순간, 미나가타가 엄중한 목소리로 따졌다.

"우에하라가 살아 있을지도 모른다는 생각은 안 했어?"

다니무라는 멍하니 입을 벌렸다. 미나가타가 계속 말했다.

"나카가와가 아니라 바로 구급차를 불러 우에하라를 구해야 한다는 생각은 안 했느냐구?"

다니무라의 입술이 고통스럽게 뒤틀렸다.

"넌 가해자야. 애석하게도."

박순신이 선고하듯이 말했다.

다니무라는 턱이 가슴에 닿을 정도로 꺾였다. 아기가 다시 손을 들었다. 미나가타는 고개를 끄덕였다. 아기가 말했다.

"나카가와는 축제에서 만든 돈을 어디다 쓸 생각일까?"

아까 이야기한 '축제에서 나오는 돈'이란 무엇일까? 아기가 어젯밤 실행위원을 맡은 여자에게 들은 정보일 것이다.

"난 몰라." 하고 다니무라가 대답했다.

"이제 와서 숨겨 봐야 무슨 소용이야."

아기는 그렇게 말하고 어느새 데스크 위에 올려놓은 작은 기계를 손가락으로 매만졌다. 갑자기 기계 속에서 다니무라의 음성이 흘러나왔다.

"……여학생 하나가 고민을 상담하던 중에 뛰어내렸을 뿐이다. 이런 일은."

아기가 스위치를 눌러 기계를 껐다.

"넌 말이야. 이제 우리한테 잡혔어. 매장당하고 싶지 않으면 말해."

다니무라는 한숨을 내쉬고 말했다.

"정말로 난 몰라. 나카가와가 필사적으로 돈을 그러모은다는 건 알지만 그걸 어디에 쓰려는지는 정말 몰라."

박순신은 다니무라 곁으로 다가가 경동맥에 볼펜 끝을 대더니 살살 긁었다. 다니무라의 몸이 격렬하게 떨렸다.

"정말이야! 믿어줘!"

박순신이 미나가타의 얼굴을 보았다. 미나가타는 고개를 끄덕인 다음 다니무라에게 물었다.

"나카가와가 네 약점을 잡아 뭘 어떻게 할 생각인지 말해봐."

"내 힘을 마음대로 이용하려는 거겠지. 지금까지는 교수로서 학교 내부 일에 대해 여러 가지 편의를 봐주었는데, 앞으로 내가 정치가라도 되면 그는 어떤 식으로든 그 힘을 이용하려 할 거야. 소문으로는 그에게 약점을 잡힌 교수가 나 말고도 또 있다고 해."

미나가타 일행은 서로 얼굴을 바라보며 고개를 끄덕였다. 가야노가 베드 사이드 테이블로 손을 뻗더니 불을 껐다. 방이 어두워지면서 창밖 야경이 선명하게 떠올랐다. 데스크에 놓인 램프가 켜지고 약한 불빛이 다니무라의 옆얼굴을 비추었다.

미나가타가 말했다.

"자, 그럼 헤어질 시간이 됐어."

다니무라의 숨결이 갑자기 가빠졌다.

"마지막으로 너에게 우리가 가진 증거를 보여주지."

미나가타는 바지 뒷주머니에 손을 넣어 내가 간직했던 그 '증거'를 꺼냈다. 박순신이 다니무라에게 다가가 아이마스크를 이마 위로 끌어올렸다. 미나가타는 어둠에 눈이 익어 가는 다니무라의 눈앞에 그 '증거'를 내밀었다.

그것은 한 장의 엽서였다. 이즈 온천을 찍은 사진엽서였는데, 아야코 언니의 글씨로 이런 문장이 적혀 있었다.

갑자기 여행을 하고 싶어 혼자 떠났습니다.

옛날에 좋아하던 사람과 같이 왔던 그 장소입니다.

선물 사 갈게요.

그럼.

한 달쯤 전에 이 엽서가 도착했다. 지금 생각해 보면 아야코 언니는 다니무라에게서 헤어지자는 말을 듣고 괴로워했다. 그래서 추억의 장소로 혼자 여행을 간 것이 아닐까. 혼자서 너무 외로웠지만 엽서를 보낼 상대라고는 나 정도밖에 없지 않왔을까.

다니무라는 엽서를 보고 눈을 감더니 쉰 목소리로 말했다.

"작년 가을에 둘이서 갔던 온천 1박 2일 여행이었는데 우에하라가 정말 좋아했지."

미나가타가 박순신을 향해 고개를 끄덕였다. 박순신은 다시 마스크를 내리고 다니무라를 어둠의 세계로 돌려놓았다. 미나가타가 말했다.

"도와줄 사람이 올 때까지 우에하라 아야코의 마지막 모습과 이 엽서를 어둠 속에서 조용히 생각해 보는 거야."

미나가타는 작은 키를 데스크 위에 올려놓았다.

"수갑을 여는 열쇠는 데스크 위에 두었어. 내일 아침에 방 안으로 들어오는 아주머니에게 풀어달라고 해. 자극적인 플레이를 하다가 상대 여자가 가버렸다고 말해. 알았어!"

미나가타는 그렇게 말한 다음 데스크 램프 스위치를 껐다. 방은 어둠으로 돌아갔다. 어둠 속으로 박순신의 목소리가 울려 퍼졌다.

"오늘 밤 일에 대해서는 나카가와에게 말하지 마. 나카가와 행동에서 조금이라도 수상쩍은 낌새가 보이면 내가 다시 네 앞에 나타날 테니까."

이어서 아기의 목소리가 울렸다.

"그전에 이 IC녹음기 내용이 전차 손잡이 광고에 매달리게 될 거야."

마지막으로 미나가타가 말했다.

"어쨌든 너는 평소처럼 텔레비전에 나가 웃고 떠들면 돼. 중요한 문제에 대해서는 입을 다물고. 알았지!"

다니무라는 낮은 목소리로 말했다.

"절대로 입을 열지 않을 거야. 가능하다면 자네들이 나카가와의 야망을 꺾어 주기를 바라네. 그는…… 위험해."

"생각해 보지."

미나가타는 내뱉듯이 말했다.

내 귓가에 박순신의 목소리가 들려왔다.

"이제 가."

우리는 방을 나섰다.

7

차는 니시신주쿠의 고층 빌딩가를 뚫고 북쪽으로 달려갔다.

30분 정도를 달려 오쿠보 부근에 있는 도야마 공원에 이르렀다. 내가 다니는 고등학교에서 그리 멀지 않은 곳이었다.

도야마 공원 뒤편 골목길에 차를 세우고 우리는 공원 안으로 들어갔다. 아무도 없는 공원에 도착해 아기와 나는 벤치에, 미나가타 일행은 벤치 건너편 땅바닥에 퍼질러 앉았다. 아기가 차에서 가지고 온 담요를 어깨에 걸쳐 주었다. 나는 그 담요를 티셔츠 차림의 박순신에게 건네주었다. 밤이 깊어지면서 냉기가 몸속을 파고들었다. 박순신은 잠시 망설이다가 미안, 하면서 담요를 받아들어 몸을 감쌌다.

미나가타가 말했다.

"자, 공주님을 빨리 집으로 모셔다드려야 하니까 서둘러 정리하지. 오늘 밤 새로 알게 된 사실은 우에하라와 다니무라가 정말로 불륜관계였다는 것, 우에하라가 정말로 자살했다는 것, 불륜과 자살에는 간접적으로 나카가와가 관련되어 있다는 것, 나카가와가 어떤 야심을 품고 움직인다는 것, 이 네 가지다. 일단 우에하라 죽음에 관련된 수수께끼를 풀려는 목적은 달성한 셈인데."

미나가타는 거기까지 말하고 동지들 얼굴을 둘러본 다음, 다시 말을 이었다.

"그런데 뭔가 찜찜해."

나 이외의 모든 사람들이 고개를 끄덕였다. 미나가타는 나를 바라보며 물었다.

"아기가 입수한 에세이 축제에 관련된 정보, 듣고 싶어?"

내가 우물쭈물하자 박순신이 말했다.

"오늘 밤으로 이번 건을 종료해도 돼."

솔직히 말해서 나는 아까 다니무라의 말을 듣고 큰 충격을 받았다. 가능하다면 기억에서 지워버리고 싶었다. 다만 모든 것은 내가 움직이면서 시작되었다. 앞으로 어떻게 될지는 모르겠지만, 장본인으로서 귀를 막아버리거나 눈길을 돌려버려서는 안 될 것 같았다. 아기를 보고 말했다.

"일단 듣고 싶어."

아기는 고개를 끄덕이고 말했다.

"어제 저녁에 에세이 축제 실행위원을 맡은 여대생을 만나 자세한 이야기를 듣고 난 도저히 믿기 힘들었어."

아까 말했던 '축제에서 만들어지는 돈' 이야기일 것이다.

"너희는 대학축제라면 어떤 이미지를 떠올려?"

아기는 일행을 둘러보더니, 그렇지, 너희들은 한 가지 이미지밖에 안 가졌지, 하고 실망한 듯이 중얼거리고는 나를 바라보았다. 내가 대답했다.

"학생들이 한자리에 모여 즐겁게 떠들고 노는 축제?"

아기는 단호하게 말했다.

"그건 고등학교 때까지. 대학 축제는 비즈니스, 특히 에세이 대학의 실행위원에게는 말이야. 에세이 축제가 열리는 나흘 동안 움직이는 돈이 얼마나 되는지 알아? 내가 하고자 하는 말은 학생들이 운영하는 포장마차 수익금 같은 게 아냐. 입장료라든지 인기가수의 라이브 공연 티켓 판매금을 비롯해서 주최 측인 실행위원회로 들어가는 순수익 말이야."

나는 잠깐 생각하다가 말했다.

"백만 엔?"

아기는 코웃음을 치며 말했다.

"단위가 달라. 매년 5천만 엔 정도의 자금이 움직여."

미나가타는 휘익, 하고 한숨인지 휘파람인지 모를 소리를 냈다. 아기의 말이 이어졌다.

"단, 입장료나 티켓판매 대금만으로는 절대 그 정도까지 갈 수 없어."

"그러면?"

"자릿세."

"자릿세? 그게 뭔데?"

나도 모르게 내가 물었다.

"실행위원회는 에세이 축제 기간 중에 대학구내를 이용하는 모든 학생들에게 돈을 받아. 관리운영비라는 명목으로 말이야. 그렇지만 실제로는 지역 조폭이 축제 때 노점상들한테 자릿세를 뜯는 것이나 다름없어."

나는 무슨 말인지 이해하기 힘들어 다시 물었다.

"왜? 학생이 자기 학교를 이용하는데 왜 돈을 내?"

"원래는 실행위원회 뒤에서 조종하는 혁명좌파 계열의 과격파가 활동자금을 마련하기 위해서 거둔 거였어. 하지만 혁명좌파도 학생운동도 쇠퇴해 버렸고, 대학 측에서도 과격파와 실행위원회와의 관계를 단절시키려고 필사적으로 노력해. 그 오랜 투쟁 끝에 실행위원회는 백 퍼센트 비정치적인 집단이면서 이익만을 추구하는 자본주의 조직으로 변해 버렸지. 학교 측이 자릿세를 묵인하는 것도 따지고 보면 기브앤테이크야. 나쁜 데만 안 쓴다면 그대들 호주머니에 돈이 들어가게 해주겠다, 뭐 그런 거지."

"이상해. 그건 말도 안 돼."

아기는 당혹스런 표정으로 미간에 주름을 잡으며 말을 이었다.

"물론 그건 그래. 그렇지만 에세이 대학이란 세계의 룰이 그러니까 어쩌겠어."

아기는 거기까지 말하고 익살스런 표정을 지으며 말을 이어갔다.

"어쨌든 나는 이 이야기를 듣고는 대학 가고 싶은 마음이 없어졌어. 에세이뿐만 아니라 대학이란 곳은 그냥 노다지가 엄청 떠도는 곳이야."

내가 말을 잃어버린 사이에도 아기는 말을 계속해 나갔다.

"에세이 축제의 자금이 어떻게 어디로 흘러가는지 좀 더 자세히 말해 볼게. 실행위원회는 길가에 포장마차, 교실에서 열리는 강연회, 연구발표, 미니 라이브 쇼, 영화상영, 점집, 찻집 등 모든 이벤트마다 그 규모에 따라 최고 6만 엔의 자릿세를 챙겨. 뜯어낼 수만 있다면 캠퍼스에 둥지를 튼 참새에게도 뜯어낼 거야. 나흘간 열리는 이벤트 수는 대소 합하여 약 6백 개 정도. 거기서 거두어들인 돈이 약 2천 8백만. 그 외에 전야제 라이브 공연 티켓 수입이 약 3백만. 팸플릿에 올라가는 기업이나 OB가 제공하는 스폰서 수입이 약 6백만. 유명 자동차기업에서 광고를 겸해 무료 제공하는 승용차에 대한 복권 수입이 약 2백만. 그런데 여기에서도 테크닉을 발휘하지. 매년 당첨자를 조작해 그걸 팔아서 얻는 돈까지 실행위원회 주머니로 들어가. 그 돈이 약 3백만. 나머지는 입장료 3백 엔 곱하기 입장 티켓 숫자. 이게 매년 약 8백만. 그래서 총계 약 5천만 엔이 되는 거지."

"그럼 실행위원회의 순수익은 얼마나 되는 거지?"(미나가타)

"대학 축제에 싼 가격으로 출연해 주는 유명가수의 공연료, 팸플릿 제작비와 경비를 제외해도 약 4천 5백만은 남아."

"인건비는? 실행위원 애들한테 나눠 주는 건 없어?"(가야노)

"좋은 질문이야. 실행위원은 보통 백 명 정도인데 그 반수가 1, 2학년으로 술 한 잔 사주면 그만이야. 나머지 3, 4학년은 온천여행을 시켜 준다고 해. 물론 그 해 실행위원장에 따라 다르지만, 대체로 그 정도야. 그래서 그런 비용으로 설령 5백만 엔을 지출한다 하더라도 4천만 엔은 남아. 이 돈이 실행위원장 호주머니에 들어가는 거야."

"뭐라고?"

야마시타가 눈을 동그랗게 뜨고 외쳤다.

"정점에 선 자가 모든 것을 차지하지. 패자에게는 줄 것도 없어. 에세이 실행위원회는 경쟁사회 원리와 자본주의 '계율'을 학교에서 실천적으로 보여줘. 위원회 이외 학생들도 그것을 잘 이해하고 불평도 하지 않아. 해마다 1학년 학생들 가운데 그런 사정을 알고 그만두기도 하는 모양인데, 그런 애들도 자신이 느낀 의문에 대해 떠들어 대거나 하지 않아. 나한테 정보를 준 여대생에게 물어보았어. 의구심이 들지 않느냐고. 여자는 태연한 표정으로 어쩔 수 없는 일이라고, 그리 정해져 있으니 어떡하느냐고 해. 그리고 눈을 반짝이면서 자기는 반드시 최초의 여성위원장이 될 거라는 거야. 그 순간, 난 알았지. 알면서도 입을 다물어버린다는 것은 스스로 자신이 속한 세계에서 패배자임을 인정하는 것임을 말이야. 일류대학에 들어갈 정도니까 늘 위를 바라보며 살아야 한다고 배웠을 거야. 그리고 그 위에 자기보다 더 뛰어난 인간이 있다는 것을 알고는 고개를 떨어뜨리고 마는 거지."

말도 안 된다고 생각했지만 나는 입을 다물었다. 나는 지금 어떤 세계에 속해 있을까? 아기는 말을 이었다.

"새로운 정보를 얻으려고 이번에는 낮에 대학에 가서 축제를 준비하는 놈들에게, 이걸 하는 데 돈을 내는 건 이상하지 않느냐고 슬쩍 찔러 보았지. 그랬더니 대부분 미간을 찌푸리며 어쩔 수 없지 않느냐고 하는 거야. 대개 수상쩍은 시스템이 가동되고 있다는 건 알아. 그렇지만 말을 하지 않지. 이놈도 저놈도 어쩔 수 없다는 말뿐이야. 그런 기분으로 참가하는 축제가 뭐 그리 재미있을까, 도대체 나는 이해가 안 가."

"요컨대 나카가와는 대학 축제에서 벌어들인 돈을 자신의 야망을 위해 사용하겠다는 거잖아. 그러니까 반드시 성공적인 축제를 만들어야 하고, 그걸 방해하는 놈을 절대로 용서할 수 없다는 거지."(미나가타)

멀리서 급브레이크 밟는 소리와 함께 밤의 정적을 깨뜨리는 경적 소리가 울렸다. 미나가타가 손목시계를 보았다.

"오늘은 여기까지. 아기는 공주님을 집까지 모셔다드려."

"잠깐만!"

나는 일행을 돌아보면서 외쳤다.

"오늘 밤 이 건에 대해 종료선언을 하지 않으면 앞으로 어떤 일이 벌어지는 거야?"

미나가타가 대표해서 말했다.

"세 가지 선택지가 있어. 첫째는."

미나가타는 오른손 엄지손가락을 세우며 말했다.

"아까 녹음한 것을 경찰에 넘겨주는 것. 그렇지만 그리 무거운 죄는 안 될 거야."

미나가타가 아기의 얼굴을 보았다. 아기가 보충 설명을 했다.

"다니무라와 나카가와는 거짓말을 하면 안 된다는 꾸지람 정도의 훈방으로 끝나겠지."

"왜? 다니무라는 아야코 언니를 자살로 몰아넣었는데."

"법률은 자살한 인간의 마음까지 이해하지 않아. 결과만 보니까. 우에하라 아야코는 자유의지로 떨어졌고 다니무라와 나카가와는 거기에 대해 약간의 거짓말을 했다, 끝."

내가 화를 참지 못하는 것을 보고 미나가타는 엄지손가락 옆에 검지를 나란히 세웠다.

"둘째, 언론에 불륜과 자살에 관한 정보를 흘려서 사회적인 제재를 가한다. 언론은 좋아라 달려들 테고, 다니무라는 큰 데미지를 입을 거야. 다만 에세이 축제와 나카가와에 대해서는 뉴스 가치가 떨어지니까 언론이 별 관심을 안 보이겠지. 따라서 나카가와는 다니무라라는 이용수단을 잃는 가벼운 상처만 받을 거야. 그보다도 이 방법을 쓰면 우에하라 씨의 명예가 훼손되고 유족의 슬픔은 더 커지겠지."

미나가타는 거기까지 말하고 천천히 가운데손가락을 세웠

다. 손가락 세 개가 내 눈앞에 서 있다. 손가락 사이로 미나가타의 눈이 빛났다.

"마지막은 에세이 축제를 방해해서 나카가와의 야망을 꺾어버리는 것. 이번 사건의 중심은 어디를 보나 나카가와야. 그 나카가와가 에세이 축제를 이용해 야망을 달성하려 한다면 에세이 축제를 엉망진창으로 만들어 놈을 통째 날려버리면 돼."

나도 모르게 내가 입을 열었다.

"어떻게? 어떻게 축제를 날려버릴 수 있어?"

미나가타는 손가락을 접고 믿음직스럽게 웃으며 말했다.

"그건 지금부터 생각해 봐야지. 대충 생각해 두긴 했지만."

그리고 일행 얼굴을 둘러보았다. 다섯 명의 시선이 나를 응시한다. 다들 결정을 내린 것 같았다.

"오늘 밤에 생각 좀 해 볼게."

미나가타가 내 눈을 빤히 들여다보며 말했다.

"어떤 결론이 나오든 우리는 오카모토의 결론을 존중할 거야. 약속할게."

도야마 공원에서 미나가타 팀과 헤어져 아기의 차를 타고 집으로 돌아왔다.

집에 도착할 때까지 나는 거의 입을 떼지 않았다. 최근에 일어난 모든 일들은 내 일상과 너무도 동떨어져 있었다. 게다가 이 세상은 부조리하고 불공평한 것들로만 짜여 있다는 생각이 들었다. 솔직히 말해 너무 혼란스럽고 맥이 빠졌다. 가능하다면 오늘 밤 모든 것을 접어버리고 아무 일도 없었던 것처럼 일상으로 돌아가고 싶었다. 간단히 말해 나는 너무 지쳤다.

차가 멈춰 섰다. 어느새 집 앞에 도착한 것이다.

"피곤하지. 푹 쉬어."

아기의 말에 나는 고개를 끄덕였다. 차에서 내리기 전에 내가 물었다.

"아기는 어떻게 하는 게 좋다고 생각해?"

아기는 눈썹 하나 까딱하지 않고 대답했다.

"내가 뭘 어떻게 하고 싶은지가 아니라 네가 어떻게 하고 싶은지가 중요해. 현실에서 도망치려 하지만 마."

차에서 내릴 때는 벌써 새벽 한 시가 넘은 시각이었다.

아빠가 돌아와 있다면 무슨 일로 늦었느냐고 꼬치꼬치 캐물을 것 같아 살짝 집안으로 들어섰다. 집안은 어둡고 현관에는 아빠의 구두도 없었다. 그리고 부엌에서 엄마의 작은 비명이 들려왔다. 목소리를 낮추어 아리아 연습이라도 하는가 했는데, 가만히 귀를 기울여 보니 아리아가 아니었다.

스니커즈를 벗고 안으로 들어가 부엌문을 열었다.

엄마가 두 손으로 얼굴을 가린 채 울고 있었다.

"왜 그래?"

엄마는 내 목소리에 깜짝 놀란 듯 몸을 부르르 떨더니 억지로 울음을 그치고는 얼굴을 가렸던 두 손을 내렸다.

"왜 이렇게 늦었니. 걱정했잖아."

눈이 새빨개진 엄마가 억지로 웃어 보였다.

나는 테이블 건너편에 앉았다.

"무슨 일이야?"

엄마는 웃음을 띤 채 고개를 저었다.

"아무 일도 아냐. 네 외할머니 생각이 나서."

"거짓말 마. 요즘 들어 이상해."

엄마의 얼굴에서 웃음기가 조금 가셨다.

"그렇게 보였어? 아무 일도 없는데."

"아빠가 바람피워?"

엄마 얼굴에서 웃음기가 더 많이 가셨다.

"아냐. 그런 말 하면 못써."

"그렇지?"

엄마 얼굴에서 완전히 웃음기가 사라지고 그 대신에 어두운 그림자가 드리워졌다. 엄마가 잠시 입을 다물었다가 말했다.

"그 사람이야 옛날부터 그랬으니까. 이제 와서 울고불고 할 일도 아냐."

"그럼 왜?"

엄마는 내 시선을 피하며 고개를 숙여버렸다.

"말해 봐, 어서."

나는 재촉했다. 다시는 사랑하는 사람의 목소리를 놓치지 않을 것이다.

엄마는 고개를 들고 내 눈을 응시했다. 나는 그 눈길을 피하지 않고 그대로 받았다. 엄마는 가볍게 눈을 감고 한숨을 토해내더니 이야기를 시작했다.

"처음 눈치 챈 것은 10년 전이었어. 그 사람은 안 들킨 줄 알았겠지만 나는 알아차렸어. 상대 여자에게서 몇 번이나 폭력적인 전화도 받았고. 자존심이 상해서 정말 괴로웠어. 너와 내 앞에서 좋은 남편이고 아버지인 척 연기하는 그 사람이 정말 미웠어. 그 사람에게 그런 사실을 따지고 관계를 끊도록 할까, 몇 번이나 망설이기도 했지. 그렇지만 너무 무서워서 그러지 못했어……. 그 사람이 시치미를 떼고 오히려 나를 이 집에서 쫓아내면 어떡하나 하는 생각이 들었거든. 부끄러운 일이지만 난 이 집과 이 생활을 버릴 용기가 없었어. 바깥세계에서 혼자 살아갈 수단도 없는 평범한 여자이고, 결혼해서 행복하게 사는 것만이 유일한 여자의 길이라고 믿었으니까 남편에게 사랑받는 것 외에는 생각해 본 적도 없었어……. 그래서 집안일 외에는 아무 기술도 안 익혔지. 그런데, 바로 그 즈음에 임신한 걸 알았어."

엄마는 거기까지 말하고 고개를 떨구고 기어들어가는 목소리로 말을 이었다.

"나는 그제야 나의 역할이 무엇인지를 알았어. 아이를 낳는 것. 그 사람도 그 역할을 내게 바라니까. 그래서 그 역할을 포기해서 복수하기로 한 거야. 나는 복수심에 불타 네 남동생 아니면 여동생이 될 아이를 지워버렸어. 별것도 아닌 내 자존심을 지키려고 자식을 죽였어. 나는 그걸 감추어서 그 사람보다 우위에 서보려고 한 거야. 내가 그 사람 뜻대로 움직이는 존재가 아니라고 주문처럼 되뇌면서. 그런데 세월이 흘러 성장해 가는 그 아이가 내 앞에 나타난 거야. 어느 날은 남자애 모습으로, 또 다른 날은 여자애 모습으로 얼굴도 없는 아이가 나를 빤히 바라보는 거야. 그래서 그 애를 죽인 11월이 되면 난 안절부절못해. 네 얼굴을 보는 것도 너무 괴로워."

나는 소리 높여 울었다. 깜짝 놀란 엄마가 내 곁으로 다가와 미안하다면서 따라 울기 시작했다. 나는 그게 아니라고 말했다. 엄마는 무릎을 꿇고 내 무릎에 볼을 기대고는 울지 말라는 말을 주문처럼 외우며 울었다. 나는 엄마의 머리 위에 볼을 기대고 울었다.

얼마나 시간이 흘렀는지 몰랐고, 그런 건 아무래도 좋았다. 엄마와 나는 눈물이 마를 때까지 실컷 울었다. 그리고 울음이 그친 다음 얼굴을 마주 보고 웃었다. 내가 엄마의 볼에 남은 눈물 자국을 손가락으로 닦아 주자 엄마도 내 볼의 눈물 자국을 손가락으로 닦아 주었다.

"배고파."

내 말에 엄마는 고개를 끄덕였다.

우리는 세수를 하고 가까운 편의점에 갔다. 인스턴트 라면과 김밥과 감자샐러드를 샀다. 돌아오는 길에는 손을 잡고, 이따금 달을 올려다보기도 했다. 집에 도착하기 직전에 문득 생각났다는 듯 엄마가 말했다.

"가나코 짱, 혹시 남친 생겼어?"

나는 그 애들 얼굴을 떠올리고 웃으며 대답했다.

"남친이 아니라 그냥 친구야."

"난 그런 줄 알았는데. 요즘 들어 갑자기 얼굴이 어른스러워 보여서."

어른스러워 보인다는 말에 나는 아야코 언니와 한 '약속'을 떠올렸다.

"맞아. 나중에 화장하는 법 좀 가르쳐줘."

"그러지 뭐. 그런데 갑자기 왜?"

엄마는 이상하다는 표정으로 물었다.

"나도 좀 해 보고 싶어졌거든."

아야코 언니는 죽기 얼마 전에 내게 좋은 사람이 생기면 반드시 화장하는 법을 가르쳐주겠노라고 했다.

엄마는 상냥한 눈길로 웃으며, 나는 언제 화장하는 법을 배웠을까, 하고 중얼거렸다.

오랜만에 먹어보는 인스턴트 라면은 정말 맛있었다. 김밥을 먹는데 아빠가 돌아와 이런 밤중에 왜 건강에도 안 좋은 음식을 먹느냐고 했다. 내가 말했다.

"맛있어. 아빠도 먹어볼래? 먹고 싶으면 편의점 가서 사 와."

아빠는 당혹스러운 표정을 짓더니 부엌을 나가버렸다. 엄마와 나는 얼굴을 마주 보고 키득키득 웃었다.

오랜만에 엄마와 늦게까지 대화를 나누고 나는 침대에 들어가서 잠들기 전까지 두 가지를 결심했다.

하나, 내년에는 11월이 다가오면 아무 말 않고 엄마를 안아줄 것.

둘, 나카가와와 싸울 것.

8

11월 셋째 월요일, 나에 대한 반 아이들의 왕따가 본격적인 양상을 띠기 시작하여 나는 아침부터 한마디도 하지 않았다. 마음에 걸리지 않는다면 거짓말이겠지만, 지난주 토요일 다니무라를 습격했던 밤을 경계로 하여 조금이나마 나 자신이 강해진 듯한 느낌이 들어 꿋꿋하게 버틸 수 있었다. 게다가 자신의 뜻으로 시작한 일을 마지막까지 밀고 나가기 위해서는 어느 정도의 희생이 필요하다는 각오를 굳힌 참이었다.

그런데 희생이 왕따 정도로 그친다면 얼마나 좋을까만, 마음속으로 파이팅을 외치며 3교시 준비를 하는데 난다가 나를 불렀다.

"오카모토."

목소리가 들려오는 쪽으로 시선을 돌리자 난다가 험악한 표정으로 교실 앞문에 서 있었다.

"잠깐 할 얘기가 있으니까 따라 오세요."

새로운 희망의 내습에 넌더리를 내며 나는 자리에서 일어섰다. 그러나 결코 고개를 숙이거나 우물쭈물하지 않고 당당하게 문 쪽으로 걸어가 교실을 벗어났다.

교무실 옆에 있는 '상담실'은 처음이었다.

나는 2인용 소파에 앉고 난다는 작은 테이블 건너편에 앉았다. 난다는 뭔가를 탐색하는 듯한 눈길로 내 얼굴을 요리조리 살펴보았다. 나는 난다의 시선을 피하지 않았다. 절대로 지지 않을 것이다.

이윽고 난다가 입을 열었다.

"마음속에 뭔가 걸리는 거 없어요?"

내 마음속에 내가 찾아볼 무언가가 없었기에 바로 대답했다.

"없습니다."

"잘 생각해 봐요."

"없습니다."

"정말인가요?"

"네."

난다는 작게 한숨을 내쉬고 말했다.

"남자가 운전하는 차에 올라타는 모습을 본 사람이 있는 모양인데. 아닌가요?"

누군가가 나를 미행이라도 하는 것일까? 아니면 우연히 목격한 것일까? 만일 우연이라면 야마시타 때문이다. 아마 그럴 것이다.

나는 작게 한숨을 내쉬고 대답했다.

"맞습니다."

난다는 눈을 동그랗게 떴다.

"인정하는 거네요."

"네."

"교칙에 남녀교제 금지조항이 있다는 거 알죠?"

"알아요. 그렇지만 수상한 관계는 아니니까요. 그 애들은 모두 내 친구예요."

난다는 미간에 깊은 주름을 잡았다.

"여러 남자와 사귀나요?"

갑자기 이런 대화가 너무 어이가 없어졌다. 그러나 마지막 순간까지 버텨야 한다. 내가 시작한 일이 아닌가.

"만나기는 하지만 친구 사이예요."

난다는 곤란하다는 표정으로 한숨을 내쉬었다.

"어떤 만남을 하는지 옆에서 봐서는 알 수 없어요."

"그렇다면 정확히 판단할 수 없는 일로 이런 심문을 받아야 하는 건가요?"

난다의 표정이 험악해졌다.

"아무도 심문하는 사람이 없어요. 학생이 정도를 벗어나지 않도록 올바르게 지도하는 것뿐이에요."

난다는 깊은 한숨을 내쉬고 말을 이었다.

"학생이 만나는 남자들은 학생에게 좋지 못한 영향을 끼치는 것 같아요."

그 말에 대해서는 강력하게 반발하고 싶었지만 이야기를 더는 복잡하게 만들고 싶지도 않았고, 그 애들에 대해 설명할 자신도 없었기 때문에 꾹 눌러 참았다.

난다는 나의 침묵을 보고 자신의 승리를 확신한 듯 감색 슈트 자락을 매만지며 은은한 미소를 머금었다.

"부모님을 학교에 좀 모셔야겠네요."

엄마가 학교에 불려와 둘이서 함께 꾸지람 같은 걸 들었다. 엄마는 우리 애가 그럴 리 없다는 반론을 펼쳤지만 무참히 깨졌고, 결국 교칙을 위반했음에도 불구하고 반성하는 태도를 보이지 않는다는 이유로 일주일 정학 처분을 받았다.

수업시간 중인데 교실로 돌아가 가방을 가져오라고 했다. 물론 다른 학생들에게 보여주기 위해서이다. 내가 풀이 죽은 모습을 보여주려는 것이다.

교실에 들어가기 전에 심호흡을 하고, 절대로 지지 않겠노라 마음속으로 세 번 외친 다음 문을 열었다. 반 아이들 시선이 바늘처럼 내 얼굴에 꽂히는 순간, 나도 모르게 고개가 꺾이려 했지만 억지로 가슴을 펴고 내 책상 앞까지 걸어갔다. 사정을 아는 수학 선생님은 수업을 중단하고 내가 퇴장하기를 기다린다. 서두르지 않고 천천히 책상 속 물건을 꺼내 가방에 넣고 나서 선생님에게 가볍게 고개를 숙인 다음 교실을 나섰다.

교문을 나설 때까지 등에 교실 너머 나를 바라보는 반 애들의 시선을 느꼈다. 착각인지는 모르겠지만.

걸으면서 주위를 둘러보아도 박순신의 모습은 없었다. 어딘가 그늘에 숨어서 나와 엄마를 지켜볼 것이다.

"왜 그러니?"

엄마가 주위를 두리번거리는 나를 보며 물었다. 아무것도 아니라고 대답한 다음, 엄마한테 사과했다.

"이런 일로 학교까지 오게 해서 미안해. 그렇지만 담임이 말한 그런 일은 절대로 없으니까 믿어줘."

엄마는 웃으면서 말했다.

"그럼, 믿고말고. 선생보다도 내가 더 오래 가나코를 봐 왔으니까."

눈물이 솟구쳤다. 그렇지만 여기서 울어버리면 여태 참아온 보람이 없다. 나는 눈물을 거두었다.

"12월이 되면 설명해 줄 테니까, 그때까지만 기다려줘."

내가 앞으로 하려는 일이 무엇인지 알면 엄마는 절대 반대할 것이다. 내가 엄마였더라도 딸을 말릴 것이다. 그렇지만 나는 추호도 포기할 마음이 없고, 엄마에게 쓸데없는 말을 해서 걱정을 끼치고 싶지도 않았다.

엄마는 당혹스러운 표정으로 잠시 생각에 잠겼다가 말했다.

"어차피 말려도 소용이 없겠지. 가나코는 옛날부터 고집이 셌으니까."

나는 기쁜 마음에 고맙다고 말하며 엄마의 팔에 매달렸다.

"정학에 대해서는 아빠에게 말하지 않을게. 그렇지만 위험한 일은 하지 마. 가나코에게 무슨 일이라도 생기면 난 살아갈 의미를 잃고 말아."

툭 던지는 엄마의 그 말이 너무 무겁게 느껴져 나는 할 말을 잃고 말았다. 엄마는 내 팔에 자신의 팔을 감고 따스한 눈길로 나를 바라보았다.

"다음에는 네 친구들을 소개해 줘."

나는 고개를 끄덕이고 엄마의 팔에 얼굴을 대며 눈물을 감추었다.

태어나 처음으로 정학을 먹은 그날 밤, 미나가타에게서 전화가 왔다.

"순신에게 들었는데, 무슨 일이라도 있었어?"

역시 엄마와 둘이서 돌아가는 것을 보았던 모양이다.

"너희랑 똑같이 정학 먹었어."

나는 맥 빠진 목소리로 말했다.

"뭐야, 고작 그거였어?"

"고작이 아냐."

나는 짐짓 화를 내며 말했다.

"학교 허락을 받고 쉬잖아. 얼마나 좋아."

이런 사고방식도 역시 코페르니쿠스적 전환? 아니면 긍정적인 사고방식?

반론을 포기한 나에게 미나가타가 말했다.

"어쨌든 마침 잘됐네 뭐. 오카모토에게 부탁할 일이 있었거든."

"뭘?"

"오카모토가 퇴학당했을 때 필요할지도 몰라."

"불길한 말은 안 했음 좋겠어."

수화기 저편에서 미나가타가 재미있다는 듯이 웃었다.

"그런데 뭘 해달라는 거야?"

"내일을 기대해. 오후 한 시에 아기를 그쪽으로 보낼 테니까. 내일 봐."

다음 날, 평소처럼 아침 일곱 시에 일어난 나는 아빠가 출근할 때까지 침대에 누워 있었다.

아홉 시에 부엌으로 내려가 엄마랑 같이 아침을 먹었다.

"아빠가 너에 대해 묻기에 감기에 걸려 좀 쉰다고 해 뒀어."

"고마워."

약속 시간까지 아직 여유가 많아서 정학기간 중에 매일 써야 할 8백 자짜리 반성문을 작성하기로 했다. 애당초 반성 같은 건 하지 않으니까 쓸 것도 없었고, 공사장 소음이 너무 시끄러워 집중할 수가 없었다. 그렇지만 권태로운 오후 시간에 한 가지 좋은 일은 있었다. 엄마의 아리아가 들려오지 않았던 것이다.

열두 시부터 옷을 고르기 시작하여 50분 만에 청바지, 헐렁한 흰색 티셔츠, 그린 니트 파카로 정했을 즈음에는 머리가 터질 것만 같았다. 앞으로는 미리 패션에 신경을 좀 써 두리라 마음먹었다.

부엌 청소를 하는 엄마에게 다가가 외출한다고 말했다. 정학기간 중에는 '어쩔 수 없는 경우'가 아니면 외출금지지만 나는 지금 '어쩔 수 없는 경우'에 직면하였으므로 당연히 외출을 해야 한다. 엄마는 한순간 떨떠름한 표정을 지었다가 가능한 한 빨리 돌아오라면서 허락해 주었다.

신발은 선택할 여력이 없어서 늘 신는 감색 스니커즈를 신고 집을 나섰다.

늘 그 자리에서 아기의 차에 올라탔다. 차 안에는 박순신이 있었다. 아기가 내 몸을 힐끗 살펴보고 말했다.

"토털 코디네이션은 그렇다 치고 그 스니커즈, 정말 잘 어울려."

무슨 뜻이야?

목적지를 고하지 않고 차가 출발했다.

5분 정도 달린 후 내가 물었다.

"아직 정학 중이야?"

"나는 딱히 정학 같은 거 당하지 않았어."(아기)

"정학은 지난 주말에 끝났어."(박순신)

"그럼 학교는?"

"우리 학교는 이 시기면 오전 수업까지만 해."(아기)

"왜?"

"취업 활동이 더 중요한 시기니까. 수업을 빨리 마쳐야 일자리를 구하러 다니지."

그래도 내가 잘 이해하지 못하는 눈치를 보이자 박순신이 말했다.

"우리 학교 졸업생은 90퍼센트가 취직을 해. 너희 학교하고는 애당초 커리큘럼이 달라."

"너희는 취직 활동 안 해?"

아기는 겔겔겔 웃으며 말했다.

"우리가 취직할 것처럼 보여?"

하기야 그럴 것도 같다. 물어본 내가 바보다. 나는 뒷좌석에 앉은 박순신에게 물었다.

"그런데 정학 중에 반성문 안 썼어?"

"썼지."

박순신은 고개를 끄덕였다.

"그거 어떻게 쓰면 돼?"

"난 늘 불경을 베껴."

"늘 불경, 뭔데 그거?"

"항상 불경을 베낀다고."

"아, 그거. 그런 걸 써도 괜찮아?"

"나쁜 짓을 한 정치가가 절에 들어가는 경우도 있잖아? 그거랑 똑같아. 반성 포즈를 취할 때 불교보다 더 좋은 건 없으니까. 선생도 잔소리 안 해서 좋고."

아냐, 이건 참고하면 안 돼.

내가 어이없어하며 고개를 가로젓는데 아기는 다시 겔겔겔 웃었다.

차는 수도고속도로를 타고 치바 쪽으로 40분 정도 달린 후 마쿠하리 인터체인지로 빠져나와 바다 쪽으로 다가갔다. 그때 비로소 나는 아기에게 물었다.

"내가 해야 할 일이란 뭔데?"

아기는 고개를 뒤로 돌리는 시늉을 했다. 그래서 나는 박순신을 바라보았다. 박순신이 대답했다.

"운전 좀 배워야겠어."

"왜?"

"나도 잘 몰라. 작전을 짜는 건 미나가타니까. 아마 때가 되면 말해 줄 거야."

"그렇지만 나 면허 없어. 운전하면 안 될 텐데."

"물론 도로에서는 할 수 없지. 하지만 사유지라면 면허가 없어도 문제가 안 돼."

처음 듣는 말이었다.

차는 바다 바로 가까이 있는 유명한 이벤트회장의 주차장으로 들어섰다. 평일 한낮이라 그런지 차도 몇 대 안 보이고, 5천 대 넘게 댈 수 있는 넓은 부지는 텅 비어 있었다.

차는 주차장 한복판에 멈추어 섰다. 주위에 차는 없었다.

아기는 시트벨트를 풀며 나를 향해 말했다.

"그럼 시작해 볼까. 내려서 운전석으로 옮겨 앉아 봐."

시키는 대로 운전석에 앉았다. 아기는 조수석에 앉고 박순신은 차에서 내려 가까운 곳에 퍼질러 앉아 담배를 빼물었다.

내가 시트벨트를 매자 아기는 입을 위로 비틀어 올리며 웃었다,

"정말 우등생이네. 운전하기 불편하면 시트 위치를 조절해."

두 손으로 핸들을 잡아 보니 좀 먼 것 같았다.

"시트를 앞으로 좀 당겨야겠어."

"해 봐."

아기는 가르쳐주지도 않고 무조건 해 보라고 했다.

"어떻게 하면 돼?"

"혼자 생각해 봐. 머리 좋잖아."

"좀 친절하게 가르쳐줄 수 없니?"

화가 나서 톡 쏘아 주었다.

"특별요금이 붙는데 괜찮겠어?"

"돈은 무슨 돈. 이런 수전노!"

아기는 내가 나이를 속이는 게 분명하다면서 겔겔겔 웃었다. 울화통을 억누르며 시트 주위를 살펴보니 오른쪽 옆에 화살표가 붙은 스위치가 보였다. 그걸 누르니까 시트가 천천히 앞으로 움직였다. 내가 자랑스러운 표정으로 아기를 바라보자 아기는 재미있다는 표정으로 말했다.

"원숭이에서 인간으로 한 걸음 진화했네."

언젠가는 널 뭉개버릴 거야.

아기가 말을 이어 갔다.

"오토는 거의 장난감이랑 마찬가지야. 스위치를 넣으면 달려. 딱 한 번만 설명할 테니 잘 들어. 우선 키를 돌려 엔진에 시동을 걸고, 다음에는 브레이크를 밟으면서 사이드 브레이크를 풀어."

"잠깐."

나는 아기의 말을 가로막았다.

"왜?"

"브레이크가 어느 거야?"

아기는 어이없다는 표정으로 나를 바라보았다.

"어릴 적에 유원지에서 배터리 자동차도 안 타봤어?"

"나, 얌전한 여자애라서 회전목마밖에 안 탔어."

아기는 오케이 오케이, 하고 손사래를 치더니 브레이크 위치를 가르쳐주었다.

20분 후, 발진하기 전까지 과정을 몇 번에 걸쳐 반복하고 나서 물었다.

"출발하기 전의 마음가짐 같은 거 없니?"

아기는 코웃음치며 말했다.

"'오늘도 무사히'를 말하라는 거야? 내가 가르쳐줄 것은 단 한 가지. 액셀러레이터는 힘껏 밟을 것!"

나는 고개를 끄덕이고 발진 준비에 들어갔다.

시동을 걸고 브레이크를 밟으면서 사이드 브레이크를 풀고 기어를 파킹에서 드라이브로 바꾸었다. 두 손으로 핸들을 꽉 잡고 그다음에는 발을 브레이크에서 액셀러레이터로 옮기면 된다. 아기의 얼굴을 힐끗 보았다. 아기는 엷은 미소를 머금고 고개를 끄덕였다. 그 미소에 떠밀리듯 천천히 발을 움직여 액셀러레이터를 밟았다.

움직인다!

우와!

차는 천천히 똑바로 나아갔다. 앞 유리창 너머로 담배를 문 채 박수를 치는 박순신의 모습이 보였다. 너무 기분이 좋았다.

"이제 슬슬 오른쪽도 좋고 왼쪽도 좋으니까 방향을 틀어

봐."

아기의 지시에 따라 핸들을 왼쪽으로 꺾었다. 차가 왼쪽으로 돌아간다. 원리적으로는 너무도 당연한 움직임이지만 굉장히 기뻤다. 차는 장애물 없는 주차장 부지 안에서 내가 원하는 대로 움직여 주었다.

"어떤 느낌?"

아기가 물었다.

"기분 좋아!"

나는 솔직하게 말했다.

아기는 겔겔겔 웃으며 정학당한 게 다행이라고 했다.

하지만 나는 현실을 깨닫고 갑자기 울적해지고 말았다. 복수를 하려고 액셀러레이터를 힘껏 밟아 가속한 다음 갑자기 브레이크를 밟았다. 아기는 허둥거리며 대시보드를 짚어 몸을 지탱했다.

"미안해. 아직 미숙해서."

아기가 가볍게 나를 노려보았다. 흥. 지금 핸들을 잡은 사람은 나란 말이야.

"달립니다!"

차가 다시 움직이자 아기는 재빨리 시트벨트를 맸다.

약 두 시간을 멈추기도 하고 달리기도 하고 돌고 후진하고,

정말 즐거웠다.

“오늘은 이 정도로 하지.”

아기는 손목시계를 보면서 말했다.

“에, 벌써 끝이야?”

내가 불평을 하자 아기는 어이가 없다는 듯 고개를 저었다.

“나도 나름 할 일이 있는 사람이거든.”

차를 멈추고 나는 조수석으로 자리를 옮겼다. 박순신이 차에 올라 아기에게 물었다.

“느낌이 어때?”

아기는 시동을 걸면서 대답했다.

“나쁘진 않아. 소질이 있어.”

정말 기분 좋은 말이었다.

주차장을 나서자마자 나는 박순신에게 물었다.

“그런데 미나가타는 뭘 해?”

“정찰.”

“무슨?”

박순신은 잠시 망설이다가 말했다.

“너, 시간 괜찮아?”

나는 고개를 끄덕였다.

“그럼 미나가타에게 같이 가보지 뭐. 아기, 그 근처까지 좀 데려다줘."

아기는 오케이, 하고 액셀러레이터를 힘껏 밟았다.

도심지 쪽으로 한 시간 정도 달려 내가 잘 아는 지역에 들어섰다.

국도에서 좁은 골목길로 들어가 멈춰 섰다. 아기가 지난번과 같은 선글라스와 퍼플 캡을 나에게 내밀었다. 나는 재빨리 그것을 받아들고 얼굴에 장착했다.

"그럼 내일 봐."

차에서 내리려는 나와 박순신을 향해 아기가 작별 인사를 했다. 나는 선글라스를 벗고 말했다.

"오늘 고마웠어."

아기는 눈을 가늘게 뜨고 웃더니 웰컴, 하고 말했다. 완벽한 발음이었다.

차가 멀어질 때까지 지켜보다가 나와 박순신은 목적지를 향하여 걷기 시작했다. 5분 정도 걷자 눈앞에 에세이 대학 정문이 나타났다. 대학 앞 4차선 국도에서는 끊임없이 차들이 오간다. 국도를 사이에 두고 대학 건너편에 높은 오피스 빌딩이 몇 채 서 있다.

박순신과 나는 대학 건너편 인도를 따라 대학 쪽으로 걸어갔다. 대학이 가까워지면서 나의 긴장감도 점점 부풀어 올랐다.

박순신이 대학에서 대각선 방향에 있는 낡은 임대빌딩의 좁은 입구 안으로 들어섰다. 나도 그 뒤를 따랐다. 박순신은 입구 바로 옆에 있는 엘리베이터 버튼을 눌렀다. 엘리베이터 벽에 붙어 있는 층수 안내 패널을 보니 3층 치과와 7층 개인 사무실 외에는 모두 비어 있었다.

칭, 소리와 함께 엘리베이터 문이 열렸다. 좁은 상자 안으로 들어갔다. 박순신은 최상층 '10' 버튼을 누르고, 이어서 '→←'를 눌렀다. 덜컹거리는 소리를 내며 상자가 위로 올라가더니 10층에 이르러 다시 칭, 소리와 함께 문이 열렸다.

엘리베이터에서 내려 박순신의 뒤를 따라갔다. 복도를 왼쪽으로 돌아 막다른 곳에 이르러 철문을 여니 계단이 나오고, 한 층 정도 더 올라가자 옥상으로 통하는 문이 나타났다. 박순신이 세 번 노크를 하고 문을 열었다.

옥상에는 미나가타와 가야노와 야마시타가 바닥에 펼쳐놓은 하얀 종이를 둘러싸고 앉아 있었다. 세 사람은 박순신과 나를 보고 손을 흔들었다. 약속이나 한 듯이 동시에 손을 흔들어 왠지 우스꽝스러워 보였다.

세 명 곁에 이르러 바닥에 앉았다. 커다란 백지에는 뭔가가 그려져 있었다. 자세히 보니 아무래도 대학 평면도 같았다.

평면도에 빨간 펜으로 화살표가 몇 개 그려져 있었는데 미나가타가 세운다는 작전과 무슨 관계가 있는 듯했다.

"실제로 한 번 봐."

미나가타는 대학 쪽을 턱으로 가리키면서 그렇게 말했다. 내가 낮은 자세를 유지하며 옥상 끝으로 걸어가자 미나가타가 웃음 섞인 목소리로 말했다.

"우리가 정찰한다고는 생각하지 않을 테니까 그냥 서서 봐."

스파이가 된 듯 스릴을 느끼는데 찬물을 끼얹다니…….

등을 주욱 펴고 걸어서 끝부분에 이르렀다. 옥상 사방에는 내 허리 정도 높이의 철책이 둘러쳐져 있었다. 혹시나 해서 철책 사이로 얼굴만 살짝 내밀어 대학 쪽을 바라보았다.

평면도의 원 풍경이 눈앞에 펼쳐졌다. 그러나 실제로 눈에 들어오는 것은 정문과 정문에서 뒤로 쭉 뻗어 있는 넓은 보도, 보도 끝에 있는 테니스 코트, 사람들 대여섯 명이 있는 운동장, 그 운동장을 삼면에서 감싸는 건물뿐, 그 뒤로 작은 건물이 어디에 얼마나 있는지는 나무에 가려 보이지 않았다.

저녁노을에 물든 캠퍼스는 사람의 마음을 감상에 빠져들게 하는 힘을 지닌 듯하다. 문득 아야코 언니와 걸었을 때의 일이 떠올랐다. 소운동장 벤치에 앉았을 때, 아야코 언니는 미래에 인권옹호를 위해 헌신하는 변호사가 되고 싶다는 꿈을 이야기했다. 나는 아야코 언니의 꿈이 마치 내 것이라도 되는 양 가슴이 뿌듯했었다.

시선을 안쪽 정원에서 건물들 쪽으로 옮겼다. 아야코 언니는 어느 건물에서 뛰어내렸을까.

갑자기 누가 어깨를 툭 쳤다. 어느새 미나가타가 쌍안경을 들고 뒤에 서 있었다.

"저게 나카가와지?"

미나가타가 쌍안경을 내밀면서 말했다.

나는 쌍안경을 받아들고 건물 쪽으로 방향을 맞춘 다음 두 눈에 렌즈를 댔다.

"소운동장 한복판에 남자 셋과 서 있는 붉은 스태프 점퍼를 입은 놈."

미나가타의 설명을 들으며 쌍안경을 움직였다.

있다.

나카가와는 자기보다 몸집이 큰 남자 셋을 거느리고 서 있었다.

"나카가와야, 분명해."

나카가와는 열심히 고개를 움직이며 소운동장을 둘러본다. 나카가와 시선을 따라가니 나카가와와 똑같은 빨간 스태프 점퍼를 입은 사람들이 바쁘게 움직인다. 그 사람들은 아야코 언니와 내가 앉았던 그 벤치를 철거하는 중이었다.

"에세이 축제까지 앞으로 9일밖에 안 남았으니까 준비를 하는 걸 거야."

미나가타가 설명해 주었다.

"다음 주 월요일부터는 본격적인 준비를 위해 휴교에 들어가. 그래서 목요일에 나카가와가 주최하는 모금 페스티벌이 오픈하는 거야."

나는 쌍안경에 눈을 맞춘 채 고개를 끄덕였다.

나카가와가 '보디가드'를 거느리고 인도를 벗어나 건물 안으로 들어갔다.

"지금 나카가와가 들어간 건물이 제2동인데 최상층인 6층 교실에 실행위원회 본부가 있어. 말하자면 나카가와의 아지트인 셈이야."

나는 쌍안경에서 눈을 떼고 미나가타를 바라보았다.

"작전 잘 부탁해."

미나가타는 웃으며 고개를 끄덕였다.

"오카모토도 운전연습 잘해 둬."

쌍안경을 미나가타에게 건네며 나는 고개를 끄덕였다.

백지 평면도 쪽으로 돌아와 담배를 피우는 박순신에게 말했다.

"주먹도 좋고 발도 좋으니까 호신술 좀 가르쳐줘."

박순신은 담배를 바닥에 문질러 끄면서 물었다.

"왜 그래, 갑자기."

"내 몸은 내가 지키고 싶어."

박순신이 늘 곁에서 지켜주면 마음이야 든든하지만 누군가의 보호를 받는 것 자체가 '보디가드'를 거느리는 나카가와와 별 다를 바 없다는 느낌이 들었다. 저런 놈처럼 폼 안 나는 인간이고 싶지는 않았다.

박순신이 당혹스러운 표정으로 미나가타를 바라보았다. 모두가 은근한 미소를 머금는 순간이었다.

"순신은 뭐든 잘 가르쳐."(가야노)

"오카모토 씨는 틀림없이 강해질 거야."(야마시타)

"내일부터 운전교습과 격투기교습을 잘 부탁해."(미나가타)

박순신은 담배꽁초를 야마시타 쪽으로 튕기고는 느릿한 동작으로 눈꼬리 쪽 상흔을 손가락으로 긁적였다.

덧붙이자면, 담배꽁초는 위험을 감지하고 피하는 그 방향으로 당연하다는 듯이 날아가 정확히 이마를 때렸다.

9

11월 셋째 목요일, 빨간 운동복 차림으로 박순신과 마주 보고 섰다.

운전교습을 마친 다음 차를 타고 이벤트회장에서 가까운 현립 해변공원으로 갔다. 운동복으로 갈아입으라는 지시를 받고 아기의 차 안에서 옷을 갈아입었다. 그리고 지금 잔디광장에 박순신과 2미터 정도 거리를 두고 마주 섰다.

잔디 바깥 벤치에서는 아기가 아까부터 나를 바라보며 겔겔겔 웃는다.

"저리 가!"

내가 화를 내자 아기는 일부러 손바닥으로 입을 가려 웃음소리를 죽였다.

"신경 쓰지 마."

박순신이 말했다.

신경이 안 쓰일 수가 없잖아…….

박순신이 아득한 눈길로 나를 바라보았다.

"왜 그래?"

"옛날 생각이 나서."

"무슨 옛날?"

박순신은 아무것도 아니라며 나를 똑바로 바라보았다.

"지금부터 복싱의 기본 원투를 가르쳐줄게."

"원투?"

"레프트 잽에서 라이트 스트레이트의 콤비네이션 펀치. 단순한 콤비네이션이지만 잘만 배우면 어지간한 놈 아니면 통하는 기술이야. 잘 봐."

나는 고개를 끄덕였다.

박순신은 천천히 움직이기 시작했다.

두 발을 어깨 넓이로 벌리고 왼발을 반걸음 앞으로 내민다.

오른 주먹을 턱 옆에 둔다.

왼 주먹을 눈높이로 올린다.

양쪽 겨드랑이는 몸에 착 붙인다.

"자, 간다."

박순신은 코로 숨을 들이쉬고 몸을 움직였다.

주먹이 공기를 가르는 소리가 났다.

박순신은 눈 깜짝할 사이에 펀치를 날렸다가 원래 자세로 돌아갔다.

너무 빨라서 자세히 보지 못했다.

"다시 한 번 해 줘."

박순신은 짧게 고개를 끄덕였다

상반신을 뚫어져라 바라보는 가운데 박순신이 다시 움직였다.

왼 주먹이 지면과 수평을 이루면서 약간 뒤틀리며 앞으로 뻗어 나가는가 싶더니 번개처럼 제 위치로 돌아가고 그 반동을 이용하여 오른 주먹도 팔을 비틀듯 하면서 앞으로 뻗어 나갔다가 제자리로 돌아간다. 군더더기 하나 없는 깨끗하고 재빠른 움직임이다.

"상반신만 보면 안 돼. 중요한 것은 하반신이야. 다시 한 번 봐."

이번에는 하반신을 시야에 넣었다.

슛, 하는 소리와 함께 박순신의 온몸이 움직였다.

왼발 발가락 끝이 조금 앞으로 움직였는가 싶더니 왼 주먹이 나가고, 이어서 오른 주먹이 뻗어 나가는 것을 도우려는 듯 오른발이 지면을 박차면서 왼발 쪽으로 다가갔다.

박순신은 자세를 풀고 말했다.

"언뜻 보기에는 두 손을 번갈아 내는 것 같지만 스피드와 타이밍이 달라. 그리고 상반신과 하반신의 연계도 그래. 하반신에서 만들어낸 힘을 상반신 쪽으로 옮겨서 그 힘을 왼손으로 약간 키운 다음 오른손에 쏟아부어 상대를 치는 거야. 알았어?"

"알 것 같기도 해."

"그 정도면 됐어. 일단 흉내부터 내 봐."

준비에 들어갔다.

두 발을 어깨 폭으로 왼발을 앞으로, 오른 주먹을 턱 옆에, 왼 주먹을 눈높이로, 두 팔을 겨드랑이에 착 붙이고.

코로 숨을 빨아들여 배에 힘이 잔뜩 고이게 한 다음, 왼발을 앞으로 내밀면서 그 기세를 타고 왼 주먹을 앞으로 내민다. 그리고 왼 주먹을 끌어당기며 오른 주먹을 앞으로 내미는데 오른발을 너무 앞으로 기울이다가 상반신의 균형이 흐트러져 오른쪽으로 비틀거렸다. 이런 움직임을 완벽하게 수행하려면 균형을 잘 잡아야 한다는 것을 깨달은 것 같았다.

실패한 게 창피해서 혀를 차는데 박순신이 말했다.

"아냐. 좋아. 처음치고는 잘했어."

잔디밭 바깥에서 아기가 소리쳤다.

"너, 감각 있어!"

"바보!"

반사적으로 외치자 박순신이 말했다.

"저래 봬도 쟤도 꽤 해. 그러니까 보는 눈이 있는 거야."

아기 쪽을 힐끗 보니 진지한 표정으로 엄지를 세워 사인을 보내 주었다.

"발을 내디딜 때 똑바로 하지 않으니까 몸이 흔들리는 거야."

박순신 쪽으로 눈길을 돌렸다. 박순신이 말을 이었다.

"왼발을 내밀 때, 땅을 발로 꽉 붙잡는다는 느낌으로 발가락에 힘을 넣어야 해. 그렇게 하면 거기서 힘을 축적하는 축을 만들 수 있어. 그 축에서 벗어나지 않게 움직이면 돼. 어쨌든 내 몸속에 절대로 움직이지 않는 힘의 중심축을 만들어 둬. 그것만 되면 넌 강한 펀치를 뻗을 수 있어."

나는 고개를 끄덕였다.

"해 봐."

심호흡을 하고 일련의 동작을 시작했다. 왼발을 내밀면서 동시에 발가락에 힘을 넣고 힘이 들어간 지점을 축으로 삼아 두 어깨를 돌리듯 하며 왼쪽 오른쪽 주먹을 번갈아 앞으로 뻗었다. 그리고 이번에는 오른발을 너무 앞으로 기울이지 않았다.

오른 주먹을 원위치로 되돌린 다음, 자세를 풀고 박순신을 보았다. 박순신은 미소를 지었다.

"너, 운동한 적 있지?"

"클럽활동은 했어. 중3까지 수예동아리에서."

"그런 거 말고 몸을 움직이는 운동."

창피해서 대답을 할까 말까 망설이자니 박순신이 그냥 말해 보라고 재촉했다.

"어릴 적에 발레를 배웠어. 초등학교 1학년 때 시작해서 졸업할 때까지."

"역시 그랬어. 몸의 균형이 잘 잡혔다 했지."

"이젠 하나도 못해. 너무 오래 안 해서."

"그렇지만 할 때는 진지하게 했을 테지."

나는 고개를 끄덕였다.

"춤을 좋아했으니까."

"그렇다면 몸이 아직 기억하는 거야. 진지하게 했으면 머리는 잊어도 몸은 잊지 않아. 가끔 춤을 추고 그러지 않아?"

고개를 저었다.

박순신이 실망하는 표정을 지으며 말했다.

"내가 이런 말 해 봐야 아무 설득력도 없겠지만 공부가 전부는 아냐. 가끔은 춤도 춰 봐."

내가 우물쭈물하면서 고개를 끄덕이자 박순신은 짧게 숨을 토해 내고 말했다.

"자, 계속하자. 아까 말한 그 요령을 잊지 마."

레슨이 다시 시작되었다.

원투 동작을 계속 반복했다.

때로 박순신은 설명을 덧붙였다.

"레프트잽은 상대와의 거리를 재는 레이더라고 생각해."

"무릎을 더 부드럽게."

"팔을 다 뻗었다 싶은 순간, 주먹을 꽉 쥐는 거야."

"머릿속에 자세 이미지를 떠올리면서 펀치를 내 봐. 상상한 것을 몸으로 꼴을 만들어 내는 거야."

그런 조언이 소화되어 자연스럽게 몸에 배어들도록 좌우 주먹을 열심히 앞으로 내밀었다.

"오케이, 오늘은 그만."

박순신의 지시에 따라 자세를 풀고 팔을 내렸다.

두 손에 아령을 든 것처럼 어깨가 무거웠다. 무릎을 펴려는데 허벅지가 뻐근해서 금방 잔디밭에 주저앉고 말았다.

"스트레칭으로 몸을 풀어 둬."

고개를 끄덕이고 스트레칭을 시작했다. 발을 교차하고 허리를 돌리는데 어느새 하늘이 발갛게 물들어 있었다. 땀이 흘러내리는 목덜미에 바다 쪽에서 불어오는 바람이 닿아 갑자기 추워졌다.

아기가 잔디밭으로 들어왔다.

"어이."

아기는 손에 든 타월과 스포츠 드링크를 내밀었다.

"고마워."

타월로 목덜미와 얼굴의 땀을 닦고 어깨에 걸쳤다. 스포츠 드링크에 입을 댔다. 정말 맛있었다. 쪼그라들었던 몸속 세포가 풍선처럼 부풀어 오르는 것 같은 느낌이 들었다. 박순신과 아기가 옆에 앉았다. 우리는 입을 다문 채 점점 더 붉게 물들어 가는 하늘을 멍하니 바라보았다.

이렇게 하늘을 올려다보는 것이 대체 얼마 만인가?

언제 이런 하늘을 보았는지 기억이 없다. 혹시 오늘이 처음인지도 모른다.

갑자기 멀리서 비행기 엔진소리가 들려왔다. 소리 나는 쪽을 올려다보니 점보제트기가 몸을 비틀며 포도색 하늘로 날아갔다.

"그렇지, 공항이 바로 저기였어."

그렇게 말했지만 두 사람은 아무 반응도 안 보였다. 분위기가 이상한 것 같아 돌아보니 두 사람은 유리구슬만 해진 비행기를 망연히 바라보았다. 아득한 눈길이었다. 나는 입을 다물고 두 사람의 시선이 내 쪽으로 돌아올 때까지 기다리기로 했다.

돌아오는 차 속에서 금방 졸고 말았다.

아기가 나를 깨웠을 때는 벌써 집 앞이었다. 작별인사를 하고 차에서 내리는데 박순신이 말했다.

"하반신에 힘이 부족해. 시간이 나면 집에서 바벨이라도 좀 들어 봐."

나는 얌전하게 고개를 끄덕이고 차에서 내렸다.

집으로 들어가 부엌에 서 있는 엄마 옆으로 갔다. 엄마가 내 얼굴을 보고 말했다.

"얼굴이 갑자기 밝아진 것 같네. 뭘 하고 온 거니?"

사실을 말하는 데는 용기와 힘이 필요할 것 같았다. 그런데 오늘은 기력이 모두 빠져나가 버렸다. 일단 거짓말을 하기로 했다.

"기분전환으로 운동 좀 했지."

그러고는 바로 욕탕으로 들어가 거기서 그냥 잠드는 바람에 자칫 물에 빠져 죽을 뻔했다. 태어나서 처음 겪어 본 일이었다.

너무 즐거워 절로 웃음이 나왔다.

나는 변해 간다.

분명 변화가 일어났다.

다음 날, 목요일. 아침에 조깅을 나섰다.

아빠가 나가기를 기다렸다가 집을 나서서 근처를 달렸다. 10분도 안 되어 숨이 가빠졌지만, 잠시 걸으면서 숨을 고르고 다시 달렸다.

40분 정도 달려 벚꽃 철이면 꽃구경하는 사람들로 붐비는 유명한 공원에 도착했다. 넓은 공원 안을 천천히 달리다가 가장 큰 벚나무 앞에 멈춰 섰다. 숨을 고르면서 눈을 감고 호흡을 조절하는데 어제 박순신이 한 말이 떠올랐다.

'가끔은 춤도 춰 봐.'

눈을 뜬 후, 몸을 굽히기도 하고 아킬레스건을 쭉 펴기도 하면서 10분 정도 스트레칭을 했다. 주변을 둘러보았다. 시바견을 데리고 나온 할아버지가 내 쪽으로 다가왔다. 할아버지와 개가 지나가고 나서 피루엣 준비에 들어갔다. 한 발로 회전하는 발레 기술이다.

몸을 곧추세우고 오른발을 왼발 앞으로 내민다.

오른발 뒤꿈치를 왼발 앞에 두고 두 발의 발가락 끝이 바깥으로 향하게 벌린 다음 발바닥을 지면에 착 붙인다.

두 팔을 몸 앞으로 내리고 완만한 원을 그리듯 팔꿈치를 굽힌다.

손가락을 위로 향하고 두 팔을 가슴 높이까지 천천히 끌어올린 다음 날개를 펴듯 수평으로 펼친다. 오른발은 오른손 움직임에 맞추어 발가락 끝을 편 채 옆으로 벌린다.

벌린 오른발을 왼발 뒤로 가져가 지면에 붙이고 양쪽 무릎을 조금 굽힌다.

간다!

오른손을 뒤로 뻗으면서 그와 동시에 오른발로 지면을 가볍게 찬다.

그 오른발의 발가락 끝을 왼쪽 무릎 앞으로 끌어당긴다. 그 기세를 타고 왼발 뒤꿈치가 지면에서 떨어지고 왼발 발가락 끝으로만 몸을 세운다.

그다음에는 그 힘을 타고 오른손이 이끄는 대로 등을 곧추세운 채 오른쪽으로 한 바퀴 돌고, 정면으로 돌아오면 오른발로 착지한다.

나는 반도 돌지 못하고 균형이 무너져 비틀거리면서 오른발을 그냥 바닥에 내려놓고 말았다.

발레 슈즈가 아닌 스니커즈라서 그렇다고 속으로 변명을 했지만, 실패한 진짜 이유를 나는 잘 안다. 4년이나 춤을 추지 않았으니까.

나는 심호흡을 한 다음, 집을 향하여 달리기 시작했다.

집으로 돌아와 부엌에서 우유팩을 입에 댄 채 마시는 나를 보고 엄마가 말했다.

"제발 여자 프로레슬러가 되겠다는 말만은 말아 줘."

엄마의 심각한 표정이 너무 재미있어서 풋, 우유를 뿜어내고 말았다. 엄마의 엉뚱한 그 말이 우울에 빠져드는 나를 구원해 주었다.

샤워를 한 다음 잠시 쉬자고 침대에 누웠다가 그냥 잠들어 버렸다. 눈을 뜬 게 열두 시 40분, 옷을 가릴 여유도 없이 어제와 같은 코디네이션으로 집을 나섰다. 차에 올라타는 순간, 아기가 흐흥, 하고 코웃음을 쳤다.

주차장에 가서 운전 연습을 하고 공원으로 가 원투 연습을 했다. 운전에는 별 어려움이 없었다. 그리고 펀치 쪽은 그런대로 꼴을 갖추었지만 도무지 힘이 들어가지 않았다.

"아직 이틀밖에 안 됐어. 초조하게 생각하지 마. 어쨌든 주먹을 앞으로 뻗는 것만 열심히 하면 돼."

박순신은 그렇게 격려해 주었다. 그 말에 용기를 얻어 열심히 원투를 뻗었다.

금요일, 토요일, 일요일은 조깅과 운전과 펀치 연습으로 보냈다. 그 외에 공원에서 혼자만의 피루엣 연습도 했다.

그리고 월요일부터 학교다.

"앗!"

반성문을 써야 한다는 사실을 잊고 말았다. 여기에 이르러 진지하게 쓸 마음이 들 리도 없고 해서 일요일 밤에 서둘러 역 근처 서점에 가서 불교경전을 하나 사 들고 책상머리에 앉았다.

경전으로 원고지를 메워 가는 동안 어느새 마음은 물처럼 고요해졌다.

사경을 하는 사람들의 심정을 알 것도 같다는 생각을 하면서 열심히 원고지를 메우고 있는데 책상 위의 전화가 울렸다. 두 번 울리고 멈추었다. 아래층에서 엄마가 받았을 것이다. 곧 통화를 전송하는 '도나도나' 멜로디가 울렸다. 미나가타일까, 펜을 내려놓고 수화기를 들었다. 통화 버튼을 눌렀다.

"가나코 짱? 나카가와예요."

갑작스러운 목소리에 깜짝 놀라 멍하니 있자니 나카가와가 말을 이었다.

"지난번에는 별로 대화도 못 나누고 해서 미안해요. 요즘 어떻게 지내?"

나카가와에게 들키지 않도록 조용히 심호흡을 하고 대답

했다.

“전화번호는 어떻게 아셨어요?”

“휴대폰에 착신번호가 남아 있으니까. 가나코 짱이 먼저 전화를 걸었었지?”

끈적거리는 듯한 그 목소리가 듣기 싫어 당장에라도 끊어버리고 싶었지만 나카가와의 숨은 뜻을 알기 위해서는 참아야 했다. 혹시 우리 계획을 눈치 챘을지도 모른다.

“그런데 무슨 용건이죠?”

나카가와는 짐짓 내 말을 농담으로 받아들였다는 뉘앙스를 풍기며 톤을 낮추어 말했다.

“오, 너무 쌀쌀맞게 굴지 마세요. 가나코 짱이 걱정돼서 전화한 거야.”

“……아, 그러세요. 걱정해 줘서 고맙네요.”

“그 참 섭섭하네. 내가 가나코 짱 기분을 상하게 한 적이라도 있어?”

어디까지나 선의를 가진 제삼자의 가면을 쓰고 싶은 게다. 그렇다면 나도 그 연극에 흔쾌히 가담해 주지.

“아직 아야코 언니 생각을 떨치지 못해서.”

“그 마음 나도 알아. 나도 축제 준비로 바쁘지만 않았더라면 그 생각 때문에 마음이 편치 못했을 거야. 그러고 보니 지난번에 무슨 증거가 있다고 하지 않았어?"

드디어 속내를 드러내네, 나는 대답했다.

"그게 무슨 소용이겠어요. 그래서 그냥 버렸어요. 내가 너무 예민했던 것 같아요."

"그랬어……. 가나코 짱이 그걸 마음에 두는 것 같아서 나도 한번 보고 싶었는데, 그렇지만 잘한 것 같아. 괜히 의심해서 파고들다가는 아야코 짱의 명예에도 문제가 될 테고."

"……그래요."

나카가와 목소리에 힘이 들어가는 것 같았다.

"그러니까 빨리 잊는 게 좋아. 쓸데없는 일에 참견하면 좋지 않은 일만 생겨."

"……예."

나카가와 목소리가 갑자기 밝아졌다.

"그렇지! 이번 주 목요일부터 일요일까지 축제니까 꼭 놀러 와. 가나코 짱을 VIP로 모실 테니까. 입장료도 무료."

"……시간이 나면 갈게요."

"아냐. 하루 전에 전화를 줘. 내가 정문에서 마중할게. 직접 안내도 하고."

"신경 써 줘서 고마워요."

"내게 너무 예의 지키지 않아도 돼. 앞으로도 가나코 짱과는 사이좋게 지내고 싶으니까. 너무 남처럼 대하지 말아 줘."

"……예."

"이렇게 얘기를 나눌 수 있어서 좋았어. 그럼, 또 봐."

"예, 안녕히 계세요."

나카가와가 먼저 끊기를 기다렸지만 그럴 낌새가 없었다. 전화선 너머에서 나카가와의 침묵이 귓속을 파고들었다. 그 침묵에 포함되어 있을 음침한 협박과 압력 때문에 머리가 터져버릴 것 같았다. 내가 두려워한다는 눈치를 채지 못하게 천천히 수화기를 내려놓았다.

갑자기 수화기가 징그러워 보여 책상 구석으로 밀쳐버리고 침대에 드러누웠다. 나카가와는 느낌적으로 내가 어떤 일을 꾸미는 게 아닌지 살짝 의심하는 것 같았다. 에세이 축제가 바로 코앞에 다가왔으니 내가 아야코 언니 건으로 소동을 부리지 못하게 전화로 은근히 압력을 가하려는 것이리라. 정말 교활하고 주도면밀한 놈이다. 갑자기 화가 치밀어 침대에서 벌떡 내려와 보이지 않는 나카가와를 향해 원투를 뻗는데 다시 전화벨이 울렸다.

나는 나도 모르게, 캬, 비명을 지르고 말았다. 마치 싸구려 공포영화의 한 장면을 맞닥뜨린 것 같았다. 그런 영화의 주인공은 반드시 집요한 살인범에게 쫓겨 거의 죽을 지경에 처하게 된다. 전화벨이 두 번으로 그치고 바로 '도나도나' 멜로디가 울려 퍼졌다. 심호흡을 하고 수화기를 들었다.

"어이!"

미나가타 목소리였다. 온몸에서 힘이 빠져나가는 것 같았다.

"아이, 참! 깜짝 놀랐잖아."

나도 모르게 미나가타에게 불평을 하고 말았다.

"왜?"

순간, 나카가와하고의 전화에 대해 말해야 하나 말아야 하나 망설이다가 그만두기로 했다. 지금 상황에서 미나가타를 혼란스럽게 해서 좋을 게 없다.

"아무것도 아냐. 방금 공포소설을 읽었거든."

"제목은?"

갑자기 떠오르는 제목이 없었다.

"도스토옙스키."

"도스토옙스키, 그게 공포소설이야?"

"공포소설 같은 거지 뭐. 그런데 무슨 일로?"

"큰일 치른 거 축하하려고."

정학기간이 끝난 것을 두고 하는 말인 모양이다.

"지금 반성문을 쓰는 중이니까 방해하지 마."

"엉? 도스토옙스키 읽는 게 아니고?"

"잠시 쉬면서 읽은 거야."

"그건 아무래도 좋고, 내일도 아침부터 순신을 보디가드로 붙일까 말까?"

나는 미나가타의 말을 가로막았다.

"너희도 학교 가야잖아. 난 괜찮아."

"이상한 분위기는 없어?"

"괜찮아. 만일 이번에 습격당하면 일단 비명을 지를 생각이야. 그리고 그것 때문에 지금 열심히 원투를 배우잖아."

"응……."

미나가타는 망설이는 것 같았다.

"아침부터 습격하지는 않을 거야. 걱정 마."

"알았어. 그렇지만 늘 조심해야 해. 나카가와가 만일 승부를 건다면 앞으로 일주일밖에 없으니까."

"응. 조심할게."

"그렇지. 내일 밤, 미팅이 있어. 여러 가지를 조사해 본 결과, 나카가와의 배경이 조금씩 밝혀졌어."

"알았어. 내일 밤에 봐."

"자, 그럼 잘 자."

"안녕."

미나가타와 잠깐 대화를 나누는 것만으로도 아까의 불안이 말끔히 가셔버렸다. 나는 기분 좋게 원투를 내뻗고 책상으로 돌아와 불경을 베끼기 시작했다.

그런데 그때, 나는 상대를 얕잡아 보는 실수를 저지르고 말았다.

나카가와라는 존재를.

10

11월 넷째 월요일, 수업이 시작되기 한 시간 전에 등교한 나는 '상담실'에서 난다에게 반성문을 건넸다.

난다는 미간을 찌푸리며 반성문을 살펴보더니 일단 상담실을 벗어났다. 아마도 혼자서 판단하기 곤란하다고 생각하여 교감이나 교장에게 의논을 하러 갔을 것이다.

20분 정도 지나 난다가 무덤덤한 표정으로 돌아왔다. 손에는 반성문이 없었다. 난다는 은근한 눈길로 나를 바라보며 말했다.

"과제 불이행. 정학 해제 날에 지각이나 복장위반, 근신기간 중 불필요한 외출이나 친구와의 접촉에 관한 보고 등등의 사항

들이 지적되지 않았으므로 오늘로 정학을 해제합니다."

아무래도 반성문이 무사통과한 것 같다. 박순신의 말이 딱 들어맞았다.

"고맙습니다."

그렇게 말하고 소파에서 일어서는데 난다가 잠깐, 하고 불러 세웠다.

"정학기간 중에 무슨 생각을 했나요? 솔직히 말해 보세요."

나는 소파에 앉아 옷매무새를 고치고 솔직하게 대답했다.

"이번 일로 나 자신이 강해졌다는 느낌을 받았습니다. 이번 경험은 앞으로 나에게 소중한 자산이 될 것 같은 생각이 듭니다."

난다는 만족스럽게 고개를 끄덕였다. 내 말을 듣고 마음속에 품었던 께름칙함을 모두 씻어 낸 것 같았다.

"그 외에 할 말은 없나요?"

잠시 망설이다가 말했다.

"없습니다."

난다는 다시 만족스럽게 고개를 끄덕이고 말했다.

"앞으로 다시 이번 같은 일이 없기를 바랍니다. 그럼 교실로 돌아가 수업 준비를 하세요."

나는 소파에서 일어나 가볍게 고개를 숙여 인사하고 상담실을 나섰다.

이 정도였어.

복도를 걸어가며 그런 생각을 했다.

정학이 해제되어 학교 구성원으로 돌아왔을 때 어떤 기분이 들까, 어제 잠들기 전에 이런저런 생각을 해 보았었다. 기쁘거나 넌더리가 나거나, 어쨌든 강렬한 감정을 품게 될 것 같았는데 아무렇지도 않았다. 마치 남의 일을 대하는 듯한 느낌이었다.

교실로 들어섰다. 수업이 시작되기 10분 전, 자리의 90퍼센트는 차 있었다. 내 존재를 알아차리고 아이들의 떠드는 목소리가 점점 잦아들어 내가 자리에 앉았을 때는 교실 안이 조용해졌다. 책상에 이상한 낙서도 없고 책상 안에 이상한 물건도 들어 있지 않았다.

이 정도였어.

왕따 정도, 아무것도 아냐.

나에게는 또 하나의 세계가 있으니까.

수업이 끝나자마자 또 하나의 다른 세계로 달려갔다.

다만 학교 앞 역에서 세 정거장 떨어진 역에 내려 나를 미행하는 수상쩍은 그림자가 없는지 확인하면서.

개찰구에서 박순신과 합류하여 아기가 차를 세워 둔 장소로 향했다.

차를 타고 특별훈련장으로 가는 도중에 아기와 박순신에게 내가 오늘 느낀 것을 말했다. 아기는 박순신과 멀뚱하게 내 얼굴을 마주한 채 내 말에 귀를 기울였다. 나는 이상한 생각이 들어 물었다.

"나, 이상한 말이라도 했어?"

"아냐. 그게 아니라 갑자기 너무 쿨해졌다는 느낌이 들어서." 하고 아기는 말했다.

"무슨 뜻?"

"뭐라고 하면 될까……."

아기는 도움을 청하려는 듯 백미러로 박순신의 얼굴을 엿보았다.

"넌 지금 새롭게 많은 것을 느낄 그런 시기를 맞이한 거야."

바통을 이어받아 박순신이 말했다.

"그건 또 무슨 뜻?"

"지금까지는 네 주위를 둘러싼 시스템이나 장치 같은 걸 특별히 의식하지 않았다는 거지."

"그럼 안 돼?"

"안 될 건 없지. 다만 만일 네가 시스템이나 장치 그 자체에

의문을 느끼거나 지겨움을 느낀다면 반드시 화를 내야 해. 이 정도였어, 라는 식으로 생각하지 말고."

아직도 제대로 이해가 되지 않는 나를 위해 아기가 보충설명을 했다.

"너는 머리가 좋으니까, 시스템이나 장치가 눈에 들어오면 금방 그걸 이용해 경쟁에서 다른 사람을 이길 방법을 찾아낼 거야. 이 정도였어, 하고 다른 사람 행위에 차가운 웃음을 보내며 쉽게 살아갈 방법 같은 걸."

"……내가 나카가와 같은 인간이 된다는 거야?"

차가 빨강 신호에 잡혀 멈춰 섰다. 아기는 핸들에서 손을 떼고 나를 빤히 들여다보며 말했다.

"그게 아니라 지금 너는 머리로 생각하기보다 마음이나 혼 같은 걸로 느끼는 편이 좋다는 말을 하고 싶은 거야."

나는 아기를 뚫어져라 바라보았다.

박순신이 말했다.

"어쨌든 당분간은 머리로는 이해가 가지만 가슴으로는 받아들일 수 없는 일이 있을 때 일단 싸워 봐. 이 정도였어, 하면서 싸워 보지도 않고 물러나는 건 할머니나 하는 짓이야."

예의 주차장에 도착하여 차 안에서 옷을 갈아입고 일단 운전 연습을 했다.

한 시간 정도 운전 연습을 하고 난 다음 조수석에서 아기가 말했다.

"이제 가르칠 건 없어. 지금이라도 호텔 주차담당으로 취직할 수도 있을 거야."

해변공원 잔디밭으로 이동하여 원투 연습을 시작할 즈음에는 벌써 해가 기울어져 갔다. 주먹으로 어둠을 물리칠 기세로 열심히 원투를 내뻗는데 박순신이 말했다.

"하반신이 꽤 안정되었어. 조깅의 성과가 나온 거야. 주먹에 힘도 실렸고. 느껴지지?"

한 시간 정도 원투 연습을 하고, 차 안에서 사복으로 갈아입은 다음 미나가타와 약속한 장소로 향했다.

정학이 끝난 첫날의 빡센 일정이 힘들었는지 차 안에서는 졸음과 싸우느라 입도 벙긋하지 못했다. 고속도로에서 일반도로로 접어들자마자 도로 옆에 차를 세웠다.

"여기서 잠깐 기다려."

아기는 그렇게 말하고 차에서 내렸다. 박순신도 아기의 뒤를 따라 내렸다. 두 사람은 바로 옆에 있는 편의점으로 들어갔다. 3분 정도 지나 두 사람이 나왔다. 아기의 손에는 작은 비닐봉지가 들려 있었다.

차에 올라타자마자 비닐봉지를 나에게 건네주었다.

봉지를 받아 보니 비싸 보이는 오렌지 셔벗이 하나 들어 있었다.

차가 움직이기 시작했다. 내가 물었다.

"갑자기 왜 이런 걸?"

아기가 앞쪽으로 시선을 던진 채 말했다.

"운전도 잘하고 원투도 좋아져서 상을 주는 거야."

박순신 쪽을 힐끗 보았더니 창밖으로 시선을 던진 채 모른 척했다. 상이란 말은 아마도 거짓말일 것이다. 내가 입을 꾹 다물고 고개를 떨어뜨리고 있자 우울해하는 걸로 착각한 모양이다.

"왜 둘이서 사러 갔어?"

"별다른 의미는 없어. 나 혼자서는 네가 뭘 좋아하는지 모르니까."

여전히 앞을 바라보며 하는 말이었다.

"그런데 왜 오렌지 셔벗으로 정한 거야? 왜?"

뒤에서 박순신이 불퉁한 목소리로 말했다.

"우리 처음 만났을 때, 너, 패밀리 레스토랑에서 오렌지주스를 마셨잖아. 그래서 이걸로 한 거야."

두 사람이 편의점 진열대 앞에 서서 내가 뭘 좋아하는지 이야기하는 모습을 상상하며 나도 모르게 푯, 웃음을 터뜨렸다.

"바보."

"도로 빼앗을 거야."

아기가 진지한 표정으로 말했다. 나는 어림없다고 봉지를 가슴에 꼭 끌어안으며 말했다.

"고마워."

나는 오렌지 셔벗을 먹기 시작했다. 지금까지 내가 먹어본 셔벗 가운데 가장 맛있었다.

차는 점점 더 북쪽으로 올라가 이케부쿠로 역 서쪽으로 10분 정도 달려 조그만 야외 주차장으로 들어갔다.

"오늘은 어디서 만나?"

나는 시트벨트를 풀면서 물었다.

"우리 집. 다른 사람들 눈에 안 띄는 곳이 좋잖아?" 하고 아기가 말했다.

주차장에서 3분 정도 걸어 아기의 집에 도착했다. 오래된 3층 빌라로 도무지 랜드로버를 모는 사람이 사는 집 같아 보이지 않았다.

바깥에 달린 계단으로 3층까지 올라가 복도 맨 구석까지 가서 문을 열자 시끌벅적한 소리와 함께 카레 냄새가 풍겨 왔다.

"우리 집이야."

아기는 나를 먼저 안으로 들어가게 했다. 현관에는 신발들이 마구 뒤엉켜 있었다.

"어이."

현관에 들어서자마자 부엌이 나오고 네모진 테이블에 미나가타가 앉아 있었다. 손에 카레라이스 접시를 들고.

"나 먼저."

미나가타는 그렇게 말하고 숟가락을 입으로 가져갔다.

내가 구두를 벗을 공간을 찾는데 눈앞에 누군가가 섰다.

"어서 와."

그 부드러운 목소리에 이끌려 고개를 들어 보니 거무스름한 피부에 아우트라인이 분명한 얼굴, 에메랄드빛 눈동자, 긴 눈썹, 두툼한 아랫입술, 풍만한 가슴을 지닌 여자가 웃으며 서 있었다. 아기의 어머니일 것이다.

나는 신발을 벗다 말고 황망히 고개를 숙였다.

"안녕하세요. 오카모토 가나코예요."

아기의 어머니는 가나코 짱, 하고 중얼거리면서 두 손을 벌려 나를 끌어안고 볼을 가볍게 비빈 다음 웃으며 말했다.

"어서 올라와. 자기 집이라 생각하고."

순간, 의식이 아득해지는 것 같았다.

미나가타, 가야노, 야마시타, 그리고 새로운 얼굴이 둘 더 있었다.

"이쪽은 이노우에, 이쪽은 곽. 같은 학교 친구야."

이노우에와 곽은 잘 부탁해, 하고 나를 향해 가볍게 손을 흔들었다.

재빨리 카레라이스를 먹어 치운 미나가타 일행이 거실로 이동하자 나와 아기, 그리고 박순신이 테이블에 앉았다. 어머니가 아기 머리에 가볍게 꿀밤을 먹였다. 아기는 알았어, 하고 자리에서 벌떡 일어서더니 세면장으로 가 손을 씻고 왔다. 박순신과 나도 눈짓을 주고받으며 자리에서 일어나 세면장으로 갔다. 손을 씻고 돌아오니 테이블에 카레라이스 접시가 놓여 있었다.

"잘 먹겠습니다."

우리는 일제히 소리치고 카레라이스를 먹기 시작했다. 정말 맛있었다. 특별한 스파이스를 사용한 것도 아닌 평범한 카레였지만. 요리하는 사람의 정성과 솜씨가 잔뜩 배어든 맛이었다.

"정말 맛있습니다."

내가 솔직한 감상을 이야기하자 아기 어머니는 부끄러워하며 미소를 지었다. 그리고 고마워, 하고 속삭이는 듯한 음성으로 말했다. 마치 어린 여자아이 같았다. 더 칭찬하고 놀려 줘도 괜찮을 것 같은 생각마저 들었지만, 그러다가는 내 안에 감추어진 이상한 힘이 그냥 드러나고 말 것 같아 무서워서 참았다.

우리가 카레라이스를 거의 다 먹었을 즈음 거실에서 앗, 하는 야마시타의 비명이 들려왔다. 거실 쪽으로 시선을 돌려 보니, 무슨 연유인지는 몰라도 야마시타 정수리에 이쑤시개 하나가 반듯하게 꽂혀 있었다. 미니가타와 가야노와 이노우에와 곽은 배를 잡고 뒹굴면서 웃어젖혔다. 야마시타는 자기 손으로 뽑는 게 두려운지 애틋한 눈길로 우리 쪽을 바라보았다. 아기의 어머니가 야마시타에게 다가가 조금의 주저도 없이 이쑤시개를 뽑아냈다.

"제발 바보 같은 짓 좀 그만둬!"

아기 어머니에게 야단을 맞은 야마시타는 두 손으로 머리를 감싸면서 눈물 고인 눈길로 고개를 끄덕였다.

아기와 나, 그리고 박순신도 거실로 이동하여 작전회의를 시작했다. 아기 어머니가 부엌에서 설거지를 하기 시작했다. 돕고 싶었지만 아기 어머니가 손님은 설거지를 하는 게 아니라면서 나를 제지했다.

미나가타가 말했다.

"그럼, 시작하지. 요 며칠 동안 이노우에와 곽이 나카가와 움직임을 살펴보았어. 우리는 나중을 위해서라도 얼굴을 알려서는 안 되니까."

미나가타가 이노우에와 곽 쪽을 바라보았다. 먼저 이노우에가 입을 열었다.

"나는 대학 내부를 주로 살펴보았는데, 나카가와는 운동부 주장들과 접촉하는 중이야. 특히 아메리칸풋볼과 럭비, 축구, 유도부 주장들."

"어떻게 운동부 주장이란 걸 알았어?" 하고 내가 물었다.

"운동부 애들은 학생복을 입으니까. 게다가 운동부는 상하 관계가 엄격하고 후배들이 주장에게 늘 고개를 숙이니까 금방 알 수 있지. 운동부 홈페이지에 실린 사진으로 확인도 했고. 어쨌든 나카가와는 실행위원회 본부에 주장들을 불러서 무슨 이야기를 했어."

"무슨 얘기를 했는지는 몰라?"(나)

"그건 무리야. 본부 입구에는 늘 덩치들이 인상을 팍 쓰면서 지키고 서 있어서 엿듣기는커녕 가까이 다가갈 수조차 없어. 결국 내가 알아낸 건 그 정도."(이노우에)

이노우에가 곽을 보자 곽이 고개를 끄덕이고 입을 열었다.

"나는 대학 바깥을 담당했는데 나카가와라는 놈, 거의 대학 바깥으로는 나오질 않으니까 할 일이 없어. 에세이 축제가 가까워졌기 때문이지만 잠까지 대학 안에서 자고 집에도 안 가. 그런데 지난주 토요일 낮에 보디가드를 거느리고 세타가야에 있는 축구장으로 갔지."

"뭘 하러?"(나)

"나카가와는 프로축구팀 입단 테스트를 받았어."

너무도 갑작스러운 전개에 나는 할 말을 잃고 말았다. 미나가타가 냉랭한 어조로 말했다.

"말도 안 되는 농담은 그만두고 제대로 말해 봐."

곽은 개구쟁이처럼 빙긋 웃었다. 내가 가볍게 노려보자 곽은 이크 무서워, 하며 즐거운 표정으로 말을 이었다.

"나카가와가 간 그 축구장에서 새로운 정치의 킥오프라는 서늘한 제목의 축구 이벤트가 열렸더랬어. 아무나 들어갈 수 있는 이벤트라 나도 들어가서 나카가와하고 가까운 곳에 앉아 구경했는데, 정말 어이가 없더라. 뒤룩뒤룩 살찐 정치가가 필드에서 젊은이들과 공을 차는 거야. 아주 즐겁게 웃으면서 말이야. 어디선가 본 듯한 얼굴이라 자세히 살펴보았더니, 올해 초에 미성년자 매춘 의혹으로 장관 자리에서 물러난 여당의 사세야마 도오루였어."

"법무대신이었지." 하고 미나가타가 보충설명을 했다.

"경기를 마치고 나서 사세야마가 언론 홍보용 기념촬영을 하려고 스탠드에 있는 젊은이들을 불러내려 어깨동무를 하더라. 속이 메슥거려 봐줄 수가 있어야지. 나카가와도 필드에 내려갔지만 사진은 같이 안 찍고, 이벤트가 끝날 즈음 사세야마와 은근한 눈길을 주고받으며 악수를 나누었어. 그러고는 다시 학교로 돌아와 틀어박혔어. 내가 알아낸 건 이 정도."

곽이 미나가타를 보자 미나가타는 고개를 끄덕이고 나서 입을 열었다.

"에세이 축제, 운동부 주장들과의 접촉, 사세야마와의 접촉, 이 세 가지를 연결해 줄 포인트를 아기가 찾아냈어."

미나가타가 아기에게 눈길을 돌리자 아기는 바지 뒷주머니에서 반으로 접은 하얀 봉투를 꺼내 테이블 위에 올려놓았다. 아기가 나에게 눈짓을 했다. 나는 그 봉투를 집어 들고 펼쳤다. 옆으로 쓴 깨끗한 글자였다. 순간, 전보인가 생각했다. 아니었다. 봉투 표면에는 주소와 여자 이름, 그리고 왼쪽 구석에 '에세이 대학 평의회 선거 투표용지 재중'이라는 글자가 적혀 있었다.

"그 여자, 실행위원 집에서 발견한 거야. 처음에는 별것 아니라고 여겼는데 번쩍 떠오르는 게 있어서 봉투를 열어 봤지."

아기의 눈짓에 따라 내용물을 꺼냈다. 아기가 말을 이었다.

"평의회란 대학의 최고결정기관으로 예산과 결산, 새로운 건물의 건설 등을 승인하고 학장이나 이사 등을 선출하기도 해. 어쨌든 중요한 일은 모두 평의회를 거친다는 사실만 알면 돼. 에세이 대학은 4년에 한 번 평의회 의원을 뽑는 선거를 실시하는데, 이걸 보면 다음 선거가 언제인지 알 수 있지 않을까?"

안 봐도 알 수 있는 일이었지만 확인하기 위해 안에 든 B5 크기의 종이 한 장을 꺼냈다. 선거 일정을 상세히 적은 것이었다. 투표일은 12월 15일이었다. 아기가 계속 말했다.

"유권자는 재학생과 졸업생. 그래서 선거에 입후보할 수 있는 사람은 에세이 졸업생뿐, 두 번째와 세 번째 장을 봐. 알 만한 이름들이 많지?"

두 번째와 세 번째를 보았다. 입후보자 명단이었다. 신문이나 텔레비전에서 자주 보는 정치가, 기업가, 문화인 이름이 순서대로 늘어서 있었다. 이름 하나에 눈길이 멈추었다.

"사세야마도 있네."

아기가 고개를 끄덕였다.

"사세야마는 네 번이나 평의원을 역임했고 이번에 다섯 번째 입후보하는 셈인데, 여중생을 돈으로 산 그 매춘 의혹사건 때문에 장관직에서 물러났어. 이러다간 그냥 떨어지고 말아. 그렇지만 아냐. 왠지 알아?"

나는 잠시 생각하다가 말했다.

"표를 모으기 쉬우니까? 예를 들면 운동부 학생 같은 거."

아기가 웃으며 말했다.

"정답! 대학 측은 입후보자 체면을 생각해 선거 결과의 자세한 내용은 공개하지 않아. 그렇지만 평의원회 선거에서 운동부만 협조하면 무조건 당선이라는 말이 있을 정도야. 보통 백 명 정원에 매번 130명 정도가 입후보하니까 조금만 힘을 쓰면 당선될 확률이 높아. 입후보 자격도 대학 쪽에서는 심사하지 않아. 요컨대 선거는 명사 클럽의 마지막 입회심사 같은 거지. 그런데 사세야마가 이번 심사에서 떨어질 30명 안에 들어갈 가능성이 커지자 나카가와가 냄새를 맡고 접근한 거야. 에세이 축제에서 벌어들인 돈으로 운동부나 다른 재학생의 표를 사서 사세야마를 당선시키고 그 사람을 자기 손안에 넣어두려는 거지."

야마시타가 물었다.

"평의원이 사세야마에게 그렇게 중요한 직책이야?"

"에세이는 명문이니까. 경력에 그게 들어가면 보기에도 좋고. 게다가 사세야마로서는 절대 놓칠 수 없는 선거야. 내년에 진짜 선거가 있는데 여기서 발목을 잡히고 싶지는 않을 거야. 나카가와는 그걸 생각해서 먼저 제안을 했을 거야. 아니, 어쩌면 사세야마 쪽에서 먼저 말을 걸었을지도 모르지."

아기가 보충설명을 했다.

"그리고 그 실행위원 여자 말인데, 나카가와가 배우 이시하라 류다로에게 투표하라고 지시했대."

우리는 서로 얼굴을 바라보았다. 박순신은 눈꼬리의 상흔을 긁적거렸다.

"정치가로 변신하려는 이시하라에게 이번 평의원 선거는 그 전초전이 되겠지."

"이시하라 류다로가 어쨌다고?"

내 물음에 미나가타가 대답했다.

"여러 가지 일들이 있지."

아기가 말했다.

"나카가와는 이번 선거를 통해 여기저기 은혜를 베풀어 놓고 그걸 미래를 위한 표석으로 삼으려 하는 게 분명해."

"자신이 선거에 나설 때를 위해서?"(가야노)

"그럴지도 몰라. 그다음은 나카가와에게 직접 물어봐. 놈이 뭘 생각하는지 더는 상상하고 싶지도 않아."(아기)

"자, 이제 대충의 줄거리는 드러난 셈인데, 아기는 좀 더 뒷조사를 계속하고 나는 작전을 완성해 둘게."(미나가타)

"작전이라면 구체적으로 어떤 거야?"(나)

미나가타는 잠시 망설이다가 말했다.

"오카모토에게는 완전히 계획을 세운 다음에 말하려고 했는데……."

나는 작전에 대해 들었다.

그리고 나는 어이가 없어 고개를 저었다.

"세상에 그런 작전도 있어?"

"이 정도는 누구나 생각해 볼 수 있는 거야."

나는 작게 한숨을 내쉬며 말했다.

"너희들, 역시 머리가 좀 이상해."

미나가타 일당은 일제히 웃음을 터뜨렸다.

나는 고개를 저으며 크게 한숨을 내쉬었다.

아홉 시가 넘어서자 해산하기로 했다.

"잘 먹었습니다."

현관에서 인사를 하자 아기의 어머니는 두 손으로 내 볼을 감싸며 상냥하게 웃었다.

"혼자라도 괜찮으니까 또 놀러와."

나는 힘차게 고개를 끄덕이며 예, 하고 대답했다.

주차장에서 동지들과 헤어져 아기의 차를 타고 집까지 왔다.

"어머니, 정말 대단하신 분인 것 같아."

아기는 기쁜 표정으로 어머니와 똑같은 미소를 머금었다.

"아기의 아버지는 어떤 분?"

"몰라. 만난 적도 없으니까."

아기의 얼굴에서 미소가 사라지고 5분 정도 침묵이 흐른 다음 아기는 익살스런 어투로 말했다.

"소문으로는 멕시코에서 프로레슬링을 한대. 닉네임은 사보텐 마스크."

재미도 없는 유머였지만 나는 웃음을 터뜨렸다. 아기는 야마시타가 프로레슬링을 보러 갔다가 프로레슬러가 집어던진 의자에 맞아 실신했던 이야기, 학교 기마전 대항전에서 모든 팀이 야마시타에게 몰려들었다는 이야기를 해 주었다. 너무 재미있어서 나는 배를 잡고 웃었다.

"미나가타는 야마시타를 스페인 소몰이 축제에 데려가고 싶다고 하지만, 나는 오스트레일리아의 그레이트 배리어 리프 같은 데 데리고 가서 상어가 모여드는지 한번 시험해 보고 싶어."

아기는 진지한 표정으로 그렇게 말했다.

"확인해서 뭘 어떡하려고? 학회에라도 발표할 생각이야?"

"그런 걸 왜 해. 상어 지느러미나 잔뜩 모아서 돈 벌어야지 뭐."

내가 어이없다는 표정으로 고개를 가로젓자 아기는 즐거운 듯 겔겔겔 웃었다.

집이 가까워졌을 때, 나는 이전부터 물어보고 싶은 말을 꺼냈다.

"그런데 왜 다들 나카가와 같은 놈의 말을 그렇게 잘 들을까?"

아기는 목을 움츠리며 대답했다.

"나도 잘 모르지만 아마도 귀찮아서 그럴 거야."

"무슨 말이야?"

내가 그렇게 묻는데 차가 신호에 걸려 멈춰 섰다. 작은 교차로에는 횡단보도를 건너는 사람도, 앞을 가로질러 달리는 차도 없었다. 아기가 갑자기 액셀러레이터를 밟더니 빨간 신호를 무시하고 내달렸다.

"빨간 신호였어. 못 봤어?"

나는 깜짝 놀라며 물었다.

"알았지. 차도 사람도 없는데 왜 서 있어야 하는데?"

"에?"

"룰이라서?"

"응."

"만일 그 신호를 누가 조작했다면? 우리가 앞으로 나아가지 못하도록."

"그런 일은 있을 수 없어."

"어떻게 단정할 수 있지?"

"……."

"애당초 신호란 놈은 누군가 조작하는 게 아닐까?"

"……."

"어쨌든 나는 내 머리로 생각하고 눈으로 확인하고 앞으로 나아가. 다른 차에 부딪힐 가능성도, 사람을 칠 가능성도 없다는 판단이 섰으니까. 그렇지만 대부분 놈들은 그 장면에서도 신호가 파랑으로 바뀔 때까지 기다려. 그게 세상에서 말하는 상식이고 백 퍼센트 안전을 보장받는 일이고, 또 신호를 무시한다고 누군가에게 비난받지 않을 테니까. 요컨대, 신호가 바뀔 때까지 기다리는 편이 귀찮지 않고 편한 거야."

차가 다시 빨간 신호를 받았다. 이번에는 사람도 있었고 앞으로 지나는 차도 있었다. 아기는 나를 바라보며 말을 이었다.

"우리를 움직이게 하는 건 신호등이 아니라 눈에 보이지 않는 무엇이야. 나카가와는 그 조작방법을 잘 알아. 그렇지만 나와 미나가타, 순신, 가야노, 야마시타는 자신들의 눈과 머리로 올바르다고 판단하면 빨간 신호라도 그냥 건너. 너는 어떡할 거야?"

11

11월 넷째 수요일. 근로감사의 날.

내일부터 에세이 축제가 시작되고 우리의 작전 결행일인 일요일까지 앞으로 나흘이 남았다. 나는 변함없이 아침부터 운전 연습을 했다. 그런데 휴일이라 주차장에 차가 너무 많아 진입 존을 빙글빙글 돌아야 했다.

"적당한 곳에 세워."

조수석의 아기가 지시를 내렸다. 나는 가까이 보이는 빈자리에 차를 세웠다.

"연습은 오늘로 끝. 수고 많았어."

"감사합니다."

내가 정중하게 인사하자 아기는 상냥한 미소를 머금고 변장할 때 쓰는 선글라스를 내밀었다.

"이거 줄게. 바깥에서 운전할 때 쓰도록 해."

아기의 특별 '면허증'을 받아들고 내가 말했다.

"정말 고마워."

잔디광장으로 옮겨 한 시간 정도 원투 연습을 했다. 박순신이 내 앞에 섰다. 나는 파이팅 포즈를 풀고 숨을 고르면서 박순신을 똑바로 바라보았다.

"허공을 상대하기도 이젠 지쳤지? 나를 한번 쳐 볼래?"

"에?"

"지금까지 연습한 성과를 한번 보여줘."

"그렇지만……."

"너는 사람을 치기 위한 기술을 배우는 거야. 나도 댄스를 가르친 게 아니고."

내가 우물쭈물하자 박순신은 도발적인 눈길로 나를 바라보며 말했다.

"사람을 때리지 않을 수만 있다면 그보다 더 좋은 일은 없을 거야. 그런데 이쪽 세상에 들어올 생각이 없으면 지금까지 배운 기술을 모두 잊어버려. 어중간하게 배워 써먹으려다가는 상처만 입을 뿐이야.”

나는 박순신의 눈길을 정면으로 되받으며 천천히 파이팅 포즈를 취했다.

너희들 세계로 들어가 줄게.

박순신은 도발적인 웃음을 머금고 나를 향해 머리를 숙였다. 다만 얼굴을 정면으로 향하고 눈은 나를 똑바로 쳐다보았다. 이상한 인사였다.

“뭔데 그거?”

박순신은 고개를 들고 안타깝다는 표정으로 나를 보았다.

“너 본 적 없니? 〈용쟁호투〉.”

“뭔데? 만화?”

박순신은 기가 차다는 표정으로 손사래를 치더니 고개를 좌우로 돌렸다. 두둑두둑 소리가 나고 표정이 달라졌다. 스위치를 켠 것일 게다.

“마음껏 해 봐.”

나는 고개를 끄덕였다.

심호흡을 하고 왼팔에 조금 힘을 넣었다. 박순신이 1미터 정도 앞에 있으니 연습 때처럼 정확히 펀치를 날리면 맞힐 수 있을 것 같았다.

“왜 그래? 무서워? 한 걸음 내디뎌 봐. 경계선을 넘어서 이리로 와."

나는 다시 한 번 깊게 숨을 들이쉬었다.

두 팔 사이로 박순신의 얼굴이 보인다. 조준한다.

왼발을 앞으로 내밀고 움직인다.

박순신 얼굴에 정확한 타이밍과 스피드로 원투를 뻗었다고 생각했다. 그러나 실제로 내 주먹은 박순신의 얼굴을 스치지도 못했다. 박순신이 뒤로 옆으로 스텝을 밟으며 도망친 것도 아니었다. 그냥 그 자리에서 선 채 얼굴만 살짝 뒤로 제쳤을 따름이었다.

박순신이 내 두 어깨를 밀쳐 뒤로 물러서게 한 다음, 말했다.

"괜찮은 주먹이었어. 타이밍과 스피드도 좋았고. 그러나 이쪽 세계까지는 주먹 두 개 정도가 부족해."

"……왜?"

"누구든 처음에는 그래. 생각보다 자기 세계를 벗어나기가 힘들어."

조금 맥이 빠져 파이팅 포즈를 풀었다. 박순신은 입술 끝에 가벼운 미소를 머금으며 말했다.

"안심해. 내가 아니었더라면 맞았을 거야."

"정말?"

"거짓말이 아냐."

내가 좋아하는 것을 보고 박순신은 다시 인사를 했다. 내가 흉내를 내자 박순신은 얼굴을 구기며 웃었다.

“다시 허공을 상대해 봐. 단, 지금보다 주먹 두 개 정도 더 멀리 뻗는다는 생각으로 날려 봐.”

박순신의 말대로 다시 원투 연습을 시작했다.

박순신이 속한 세계까지 앞으로 주먹 두 개.

나는 힘을 다해 팔을 앞으로 뻗었다.

목요일은 평소처럼 학교에 가서 여전히 왕따를 당하며 지냈고, 방과 후에는 오로지 원투 연습을 하며 보냈다.

이상야릇한 인사로 연습을 끝내고 난 다음, 잔디 위에서 스트레칭을 하는데 박순신이 이상하다는 표정으로 내 스니커즈를 바라보았다.

“왜 그래. 혹시 성희롱?”

내가 농담을 하자 박순신은 얼굴을 붉히며 바보 같은 소리 하지 마, 하고 중얼거렸다. 의외로 귀여운 구석이 있었다. 박순신이 정색을 하며 말했다.

“너, 스니커즈, 왼쪽만 앞이 이상하게 닳았어.”

가까이 앉아서 차가운 녹차를 마시던 아기도 내 스니커즈를 보고 정말이네, 하고 동조했다.

"원투를 뺀을 때 발을 이상하게 내밀지는 않았겠지?"

박순신이 걱정스럽게 말하는 바람에 나는 아침 조깅 때 피루엣 연습을 한다는 사실을 고백했다. 두 사람의 눈에서 광채가 났다.

"한번 보여줘." 하고 박순신이 말했다.

"한번 돌아봐." 하고 아기가 재촉했다.

"나, 아직 잘 못해."

두 사람은 어린애처럼 한번 해 보라며 애걸복걸했다.

"좀 능숙해지면 해 볼게."

나는 발을 동동 구르는 아이를 어르는 유치원 선생 같은 어투로 그렇게 말했다.

두 사람이 겨우 포기했을 때, 멀리서 엔진 소리가 들려왔다. 아마도 그 비행기일 것이다. 소리 나는 쪽으로 눈길을 돌리는데, 비행기가 동체를 비스듬히 기울인 채 하늘을 가로질렀다.

아기가 비행기 쪽에서 나에게로 시선을 옮기면서 문득 생각났다는 듯이 말했다.

"너, 〈빌리 엘리어트〉라는 영화 봤니?"

고개를 가로저었다.

"영화 좀 봐라." 하고 박순신이 퉁명스럽게 말했다.

필시 〈용쟁호투〉도 모르는 나에게 넌더리가 난 것이다.

아기가 말을 이었다.

“그 영화 말이야. 간단히 말하면 영국의 가난한 노동자 계급 남자애가 발레리노가 되려 하는 이야긴데, 주인공 남자애는 처음부터 끝까지 열심히 뛰고 돌고 그래. 왠지 알아?”

나는 고개를 가로저었다.

“도약은 자신이 있는 장소에서 떠나고 싶다는 의지의 표현이야. 발레의 도약도 마찬가지지. 그걸 주테라고 하던가?”

나는 고개를 끄덕였다.

“발레의 주테도 그래. 옛날 유럽은 철저한 계급사회였으니까. 전통이니 인습이니 인간을 구속하는 중력이 너무 셌기 때문에 발레리나가 그 중력을 벗어나 얼마나 높이 뛰어오를 수 있는가를 보고 관객은 감동하는 거야.”

아기는 거기까지 말하고 익살스럽게 어깨를 으쓱하며 말을 이었다.

“내가 읽은 책에 그리 쓰여 있었어.”

“처음 듣는 말이야.”

아기는 웃으며 말했다.

“언젠가는 너의 주테를 보여줘.”

집으로 돌아와 방에서도 열심히 주먹을 뻗었다. 몸을 움직이지 않으면 고조되는 긴장에 그냥 찌부러져 버릴 것만 같았다.

밤늦은 시간에 미나가타에게서 전화가 왔다. 작전의 마지막 단계를 짜느라 여념이 없는 미나가타 팀과는 화요일 이후로 얼굴을 마주하지 못했다. 전화를 받자마자 미나가타가 말했다.

"나카가와가 표를 모으기 위해 돈을 뿌린다는 것만은 분명해. 베일이 하나씩 벗겨지는 상황이야."

"예를 들면?"

"운동부 주장 놈들이 후배들에게 사세야마에게 투표하라는 지시를 내렸어. 축구부가 특히 심해. 부원이 친구들을 하나씩 포섭할 때마다 2천 엔을 줘. 이노우에도 축구부 놈한테 그런 말을 들었대. 사세야마는 축구부 대선배니까 축구부가 분발하는 셈이지. 그런데 럭비부 주장은 전액을 자기 혼자 꿀꺽할 요량인지 벌써 새 차를 예약해 뒀다고 해. 그 자식도 참 한심해. 돈을 떼먹으려면 입이나 다물어야지. 그게 무슨 자랑이라고 떠들고 다니는지."

"나쁜 일을 한다는 자각이 아예 없구나."

"오히려 좋은 일 한다는 생각이 아닐까. 힘 있는 정치가 선생을 돕는다고 말이지. 아, 아메리칸풋볼 놈들이 왜 표를 모으려고 열심히 뛰어다니는지 알아맞히면 내가 2천 엔 상금을 주지."

"돈 때문이 아닐까?"

"아니거든요. 그것도 있지만 더 중요한 이유가 있어."

"뭔데?"

"에세이 축제 마지막 날 메인이벤트인 미스 에세이 콘테스트에서 우승이 아메리칸풋볼팀 주장의 애인으로 정해졌거든."

"……말도 안 돼."

"아기가 주장의 애인에게 직접 들은 말이야. 어떤 방법으로 들었는지는 몰라도 되고."

"대학이 쓰레기통 같다는 느낌이 들어."

미나가타는 이상하다는 어투로 말했다.

"왜? 우리 주위에서 늘 일어나는 일들이 대학이라는 좁은 장소에서 일어날 따름이잖아. 사람이 모인 곳이라면 어디든 이런 일이 있어."

"그렇지만……."

"앞으로 오카모토가 넓은 세상으로 나가면 나갈수록 그런 악취를 풍기는 최악의 장소가 점점 더 늘어날걸."

"사람 맥 빠지게 하는 소리 좀 그만해."

"왜 맥이 빠져? 최악의 장소를 만나더라도 자신이 거기에 익숙해지면 그만이잖아. 그 장소를 바꾸어버려도 되고. 그리고……."

"그리고?"

"거기서 도망쳐도 되고. 도망치는 것도 즐거운 일이거든. 어쨌든 우리는 생각보다 아주 자유로워."

미나가타는 경쾌한 목소리로 그렇게 말했다.

"……요컨대 빨간 신호등이 보여도 멈추지 말라는 거지?"

"뭔데 그거? 빨간 신호는 위험하니까 멈추는 게 좋아."

나는 나도 모르게 웃고 말았다.

"응, 조심할게."

"그건 그렇고, 이제 알 건 알았으니 실행만 남은 셈이네."

"응."

미나가타는 조금 망설이는 듯한 어투로 물었다.

"마지막으로 묻겠는데, 작전에 참가하는 걸 후회하지 않아?"

나는 잠시 침묵하다가 되물었다.

"다른 애들은 어때? 모두 나를 만나는 바람에 아무 상관도 없는 사건에 휘말려 들었는데 후회 안 해?"

"하나도."

"어떻게 그런 마음을 가질 수 있어? 혹시 큰 봉변을 당할지도 모르는데."

5초 정도 틈을 두고 미나가타가 강한 어투로 말했다.

"얼마 전에 어떤 일이 일어나 우리를 둘러싼 세계가 무너지고 말았어. 지금까지 우리는 나름대로 세계를 잘 돌아가게 하려고 노력했거든. 그렇지만 영문을 알 수 없는 힘이 우리에게서 소중한 것을 빼앗아버렸고, 우리가 그때까지 누리던 세계는 더는 옛 모습을 회복할 수 없어졌어. 어떻게 하면 이 세계를 우리 힘으로 바로잡을 수 있을지 몰라 허둥댈 때 오카모토가 나타나 하나의 계기를 던져준 거야."

"난 너희를 골치 아픈 일에 끌어들였을 뿐인데."

"오카모토는 올바른 일을 하려고 하잖아? 우리는 아직 어떻게 하면 세계를 바로잡을 수 있는지 그 방법을 모르긴 하지만, 일단 올바르다고 생각하는 일을 하면서 조금씩 앞으로 나아가 볼 생각이야. 영문을 알 수 없는 힘에 대항하기 위해서는 그렇게 할 수밖에 없어. 그것 때문에 험한 꼴을 당해도 좋아. 부서진 세계 속에서 아무것도 하지 않고 멍하니 있는 것보다는 나을 테니까."

내 귀에 미나가타의 말이 애절하게 울려 왔다. 미나가타는 이 세계에 넘쳐나는 부조리와 불공평에 대항해 있는 힘을 다해 대결하고 싸우려 하는 것이다. 그것이 설령 승산 없는 싸움이라 해도 작은 힘을 모아 함께 대결하다가 상처를 입어도 늠름한 미소를 머금을 것이다. 그 미소를 상상하다 보니 울음이 북

받쳤다.

"왜 그래?"

내 긴 침묵에 미나가타가 걱정스러워하는 어투로 물었다.

"응, 아무것도 아냐."

나는 밝은 목소리로 대답하고 나서 화제를 바꾸었다.

"그런데 왜 나에게 운전 연습을 하게 했어? 아직 그 이유를 묻지 않았네."

"그건 작전 개시일의 즐거움으로 남겨 둬. 계획이 잘만 되면 오카모토에게 마무리를 맡길 생각이니까."

미나가타 말에는 흥분과 설렘이 있었다.

"어떤 마무리?"

"그건 비밀."

"가르쳐줘."

"싫어."

"왜?"

"이유는 없어."

5분이나 말해, 말할 수 없어, 하고 주고받다가 서로 즐거운 마음으로 전화를 끊었다.

"그럼 토요일에."

"응, 그때 봐."

금요일은 쇼핑을 하려고 방과 후의 원투 연습을 쉬기로 했다.

보디가드로 따라오려는 박순신을 겨우 설득해서 못 오게 했다. 학교 인간이 보면 또 이상한 소문이 퍼질 것이다. 그리고 남자랑 둘이서 쇼핑을 하는 것 자체가 부끄럽기도 했다. 만일에 대비하여 아기의 휴대폰 번호를 받고 우리는 헤어졌다.

오랜만에 시부야로 나가 패션 빌딩의 부티크에 들러 작전 때 입을 적당한 옷을 찾아보았다. 오래오래 고민하다가 밀리터리 코트와 코듀롱 바지를 샀다. 비용은 용돈과 전차 안의 아저씨에게서 받은 5만 엔 가운데 남은 돈으로 충당했다. 이윽고 그 돈은 사라졌다.

밤, 텔레비전 뉴스를 멍하니 보는데 짤막하게 에세이 대학 축제 소식도 나왔다. 올해는 특히 많은 사람이 모인다고 한다. 나카가와의 웃음소리가 들려오는 것 같아 텔레비전을 끄고 방으로 돌아와 원투 연습을 했다. 나도 모르게 바닥에 누워 복근 운동을 시작했다. 방에서 들려오는 쿠당거리는 소리가 마음에 걸렸는지 엄마가 와서 단호한 어투로 말했다.

"가나코 짱이 무슨 일이 있어도 하겠다면 나도 생각이 있어. 멋대로 원서 내면 가만 안 있을 거야."

엄마는 아무래도 딸이 여자 프로레슬러가 되려는 것 같다는 의구심을 아직 지우지 못하는 듯했다.

토요일.

모든 수업이 끝나고 마지막 홈룸이 시작되기 전에 나는 자리에서 일어나 교단에 섰다. 귀가 준비를 하던 반 아이들이 하나둘 말없이 교단에 선 내 존재를 느끼기 시작했다. 교실 안이 조용해지면서 내 심장소리가 귀에 들려왔다. 교실 안에서는 숨소리 하나 들리지 않았다. 나는 크게 숨을 들이마신 다음 아이들을 둘러보며 말했다.

"나는 누구랑도 안 사귀고 부끄러운 일을 한 적도 없어. 정말 좋아하는 사람이 생기면 너희에게 당당하게 소개할게."

그다음에도 할 말은 있었지만 거기까지가 내 한계였다. 나는 교단에서 내려와 자리로 돌아왔다. 그와 때를 같이해서 난다가 문을 열고 교실 안으로 들어섰다. 난다는 평소처럼 교단에 서서 교실 안을 둘러보고는 평소와 다른 밝은 분위기를 느꼈는지 이상하다는 표정으로 눈썹을 움직였다.

혹시라도 내일 우리는 작전에 실패하여 큰 낭패를 당할지도 모른다. 경찰에 잡혀갈지도 모른다. 그 결과, 학교를 그만두어야 할지도 모른다. 그러므로 반 아이들에게 내 마음을 정확히 전달해 두고 싶었다. 이런 지겨운 장소에서 함께 싸워 온 전우가 아닌가. 다시는 이 정도였어, 라는 생각을 하고 싶지 않았다.

"그럼 홈룸을 시작하겠어요."

난다가 평소처럼 윤기가 자르르 흐르는 목소리로 말했다. 오늘은 너무 많이 봐서 넌더리나는 난다의 감색 슈트까지 사랑스러워 보였다. 나는 눈을 감고 아까 하지 못했던 말을 마음속으로 중얼거려 보았다.

'여러분, 사랑해.'

홈룸이 끝나고 바로 교실을 나섰다.

교정을 걸어서 정문 바로 앞까지 왔다. 교문을 빠져나가기 전에 몸을 돌려 학교 건물을 바라보았다. 우리 교실 쪽을 보니 모두 교실 안에서 나를 바라본다. 나는 반 친구들을 향해 손을 흔들고 교문을 나섰다.

약속한 오후 한 시 30분에 학교에서 가장 가까운 역에서 세 정거장 떨어진 역의 개찰구를 나서자 아기와 박순신뿐 아니라 미나가타, 가야노, 야마시타의 모습이 보였다. 모두 학생복 차림이었다. 그러고 보니 학생복 입은 모습은 처음이었다.

"오늘은 학교에서 바로 왔어. 우리의 천적 체육 선생에게 붙잡혀 빠져나오느라 애를 좀 먹었지."

미나가타가 대표로 말했다.

"그랬니……."

교복 입은 모습에 당황해하는 나를 보고 박순신이 무슨 생각을 했는지 물었다.

"무슨 일이라도 있었어?"

나는 황망히 고개를 저었다.

"아무것도 아냐."

나를 보고 아기가 의미심장하게 웃었다. 은근히 화가 치밀어 파이팅 포즈를 취하자 아기는 두 손을 들고 항복을 선언했다.

"너희들 뭘 하는 거야!" 하고 미나가타가 이상하다는 듯이 외쳤다. 그리고 물었다.

"그런데 오카모토, 어디 놀러가고 싶은 곳 없니?"

파이팅 포즈를 풀고 나도 물었다.

"갑자기 무슨 말이야?"

"작전준비도 다 끝났고, 할 일도 없고, 이렇게 모였고, 좋은 운전사도 있고."

미나가타는 그러고는 아기를 바라보았다. 아기는 놀러가는 데는 특별요금이 붙는다고 했다. 미나가타는 아기의 말을 무시하고 대답을 재촉하듯이 나를 보았다. 사실 대답은 벌써 정해져 있었지만 말하기가 창피한 곳이었다. 늘 그렇듯이 박순신이 나의 속내를 읽어 냈다.

"이제 와서 부끄러워하면 뭘 해."

그 말에 힘을 얻어 나는 입을 열었다.

아기의 차가 시나가와 쪽으로 이동하여 유명한 호텔부지 안에 있는 볼링장으로 들어섰다. 모두 신발을 갈아신는 가운데 야마시타가 나를 바라보며 말했다.

"볼링을 해 본 적이 없다니, 세상에 그런 사람도 있어?"

나는 동작을 멈추고 말했다.

"시끄러. 내 인생에 이런 건 필요하지 않았으니까, 그렇지!"

야마시타는 쿠푸푸, 하고 코로 웃었다.

"내가 말이야, 오카모토에게 볼링이 어떤 건지 확실히 가르쳐줄게."

그 말을 듣고 다들 소리를 죽여 웃었다.

볼을 고르고 스코어를 기록하는 기계에 이름을 기록하는 것만으로도 즐거웠는데, 게임이 시작되니 더 즐거웠다. 태어나 처음 하는 게임이라 제대로 볼을 던지기도 힘들었지만 어쨌든 볼이 앞으로 굴러가는 것만 보아도 기분이 좋았다. 덧붙여서 내 생애 최초의 일구는 거터(gutters)였다.

미나가타와 가야노와 아기는 보통 실력이었고 박순신과 야마시타는 특별했다. 박순신은 마지못해 던지는 듯한 인상을 풍겼지만 8회 연속 스트라이크를 기록했다. 9프레임에서 아홉 개밖에 쓰러뜨리지 못하자 박순신은 눈썹 끝 상흔을 긁적거리면서 혀를 찼다. 겉보기와 달리 진지하게 던졌던 모양이다.

야마시타는 던질 때마다 핀이 좌우로 남았다. 그때마다 다들 배를 잡고 웃었다. 그리고 야마시타가 이상하다며 고개를 저으면서 두 번째로 공을 던지면, 볼은 보이지 않는 힘에라도 이끌린 듯 핀과 핀 사이를 빠져나갔다. 반드시 그랬다. 그때마다 모두 손뼉을 치며 웃었다.

한 게임을 끝내고 보니 박순신이 단연 톱, 나와 야마시타가 동점으로 최하위였다. 내가 야마시타를 바라보며 쿠후후, 하고 웃자 야마시타는 너무 오랜만에 하다 보니 실력 발휘가 안 된다면서 다른 사람 의견은 들어보지도 않고 스타트 버튼을 눌렀다.

두 번째 게임은 3핀 차이로, 세 번째 게임은 6핀 차이로 내가 야마시타를 눌렀다. 이제 그만하자는 다른 사람 의견을 무시하고 야마시타가 제멋대로 스타트 버튼을 누르고 먼저 볼을 들고 레인에 서는데, 이웃 레일 여자의 손가락에서 빠져나와 날아든 9파운드짜리 볼이 야마시타 머리를 쳐서 기절하는 바람에 그날의 게임은 막을 내렸다.

야마시타가 의식을 되찾고 볼링장을 빠져나올 때 미나가타가 내게 스코어 표를 건네주었다.

"기념으로 가져."

나는 고맙다 하고 받아들었다.

우리는 시나가와 역 가까운 패스트푸드점으로 갔다. 다들 기세 좋게 햄버거와 프렌치프라이드 포테이토를 먹어 치웠다. 내가 천천히 한 입씩 먹는데 미나가타가 물었다.

"배 안 고팠어?"

나는 고개를 저었다. 배는 고팠다. 그렇지만 남자애들이 보는 앞에서 햄버거를 먹는 게 처음이라 크게 입을 벌리고 마구 씹어 댈 수는 없었다. 아기가 나를 보고 의미심장한 미소를 지었다. 조금 화가 나서 포테이토 하나를 집어 아기에게 던졌다. 아기의 손등을 친 포테이토는 야마시타의 콜라 종이컵 안으로 빨려 들어갔다. 야마시타는 비 맞은 강아지 같은 눈길로 나를 보았다.

"이제는 뭘 하지?"

패스트푸드점을 나와 미나가타가 내게 물었다. 당구도 쳐 보고 싶었고, 동물원이나 수족관에도 가 보고 싶었지만, 너무 내 고집만 부려도 안 좋을 것 같아 이렇게 말했다.

"다음은 너희가 가고 싶은 데로 데려다줘."

아기는 참을 수 없다는 듯 겔겔거리며 웃었다.

"너, 생각보다는 참 평범한 여자애인 것 같아."

'언젠가는 반드시 차로 깔아뭉개 주겠어. 그것도 뒤에서. 갑자기.'

미나가타는 친구들 얼굴을 둘러보더니 가깝기도 하니까 그 곳으로 가자고 했다. 모두 그 말을 알아듣고 말없이 고개를 끄덕였다.

차를 타고 하네다 공항으로 이동하여 전망대로 올라갔다. 우리가 벤치에 앉았을 때 서쪽 하늘에 노을이 지기 시작하면서 멀리 떠 있는 구름이 짙은 적자색으로 물들어 갔다. 그 구름 앞을 비행기가 비스듬히 날아올라 더 높은 하늘 저편으로 사라졌다.

"우리 가끔 여기 와."

내 오른편에 앉은 미나가타가 툭 내던지듯이 말했다. 나는 그들 얼굴을 둘러보았다. 모두의 시선이 아까 날아오른 비행기의 뒤를 쫓으며 저 멀리 아득한 곳을 향했다. 가끔 왔었다는 미나가타의 과거형 어투와 그들의 아득한 눈길에서 그들이 누군가를 떠올린다는 사실을 알 수 있었다. 이럴 때 그들을 웃게 만들어 이쪽 세계로 데려올 만한 엉터리 노래 하나라도 나는 아는 게 없다. 그래서 나는 보통의 언어로 말했다.

"히로시라는 사람에 대해 이야기 좀 해 줘."

미나가타가 나를 보고 말했다.

"그냥 보통 애야. 가끔 이상한 말을 하기도 했지만."

"이상한 말?"

"수상이 되어 우리가 사는 세상을 깨끗하게 할 거라고."

가야노가 그렇게 말하자 모두 빙긋 웃었다.

"그리고 핵전쟁이 어쩌구 하는 말도 했고." 하며 미나가타는 즐겁게 웃었다.

"뭔데 그거?"

"만일 야마시타가 이 세상에 존재하지 않았다면 아마도 핵전쟁 같은 엄청난 일이 벌어졌을 거라는 거지. 야마시타가 이 세상의 나쁜 걸 혼자 다 짊어지니까 이 세상이 균형을 유지한다는 거야. 그래서 야마시타 같은 놈을 가장 소중히 여겨야 한다고 했어."

박순신이 즐거운 표정으로 그렇게 말하자 야마시타는 자랑스러워하는 얼굴로 나를 바라보았다. 나도 기분이 좋아져서 웃었다. 비행기가 또 한 대 하늘 높이 날아올라 멀리 퍼져 있는 어둠 속으로 모습을 감추었다.

"지금 저 비행기, 어디로 날아가는 걸까?"

나는 뜬금없이 그렇게 말했다.

"저기는 남쪽이야. 그러니까 오키나와에 가겠지."

야마시타의 말을 받아 가야노가 말했다.

"오키나와는 지금도 따뜻할까?"

그런 다음 우리는 잠시 아무 말 없이 멍하니 주변 풍경을 바라보았다. 아까까지 멀리 있던 어둠이 어느새 우리 주변으로 밀려왔다.

"안 추워?"

내 왼쪽에 있는 아기가 말했다. 나는 고개를 저으며 대답했다.

"괜찮아. 고마워."

전망대의 조명이 켜졌다.

"이제 슬슬 가보지."(미나가타)

"잠깐. 한 대만 더 보고."

미나가타가 웃으면서 말했다.

"공주님이 원하신다면."

비행기를 유도하기 위해 활주로에 켜 놓은 램프 불빛을 따라 시선을 왼쪽으로 돌려보니 이륙하기 위해 달리기 시작한 비행기가 있었다. 서서히 달리면서 가속해 가는 비행기를 절대로 놓치지 않겠다고 눈을 부릅뜨고 바라보았다.

나는 생각해 보았다.

이 애들에게 히로시라는 사람은 아마도 바람 같은 존재였을 것이다. 이 사람들이 날개를 펼칠 때, 더 높이 날아오를 수 있도록 돕는 상승기류였을 것이다. 그 바람을 잃고 이들은 날개를 펼치는 것 자체를 두려워하는 듯했다.

비행기가 우리 눈앞을 굉장한 스피드로 지나갔다.

'나도 이 애들의 바람이 될 수 있으면 얼마나 좋을까.'

내가 그런 생각을 하는데 비행기가 기수를 위로 올리더니 그냥 활주로를 벗어나 하늘 높이 날아올랐다. 비행기 날개에 달린 빨간 램프는 마치 밤하늘에 떠 있는 루비 같았다. 비행기가 점점 멀어지는 것을 보는데 어쩐지 눈물이 나올 것만 같았다. 눈물을 감추려고 아! 하고 박수를 치자 모두 겸연쩍은 몸짓으로 함께 박수를 쳐 주었다. 겨우 눈물을 감출 수 있었다.

"가자."

나는 벤치에서 일어나 먼저 발걸음을 뗐다. 그렇지만 다른 애들은 그냥 벤치에 앉은 채였다. 박순신과 아기가 눈짓을 주고받는다.

"왜 그래?"

박순신이 말했다.

"우리 부탁을 하나 들어줘."

"뭔데? 말해 봐. 뭔데?"

나는 약간 경계하면서 물었다.

"피루엣. 빙글빙글 돌아봐."

아기가 웃으면서 말했다.

어둠 속에서 동지들의 눈동자가 반짝인다.

나는 체념하고 숨을 고른 다음 아킬레스건을 뻗기 위해 스트레칭을 시작했다. 가죽 신발을 신고 잘 돌 수 있을지 불안하긴

했지만 동지들에게 실패를 두려워하는 모습을 보이기 싫었다.

스트레칭을 끝내고 활주로를 배후로 친구들 앞에 섰다. 모두 진지한 눈길로 나를 응시한다.

나는 눈을 감고 숨을 크게 들이쉬었다. 뒤에서 제트기 소리가 다가온다.

눈을 뜨고 자세를 갖추고 발을 교차하고 몸 앞에 늘어뜨린 두 팔을 날개처럼 수평으로 펼쳤다.

그리고 오른발을 뻗어 뒤로 가져가고 무릎을 가볍게 굽힌 다음 오른손을 활주로 쪽으로 흘리면서 굽힌 무릎을 펼치듯 오른발로 지면을 가볍게 찼다.

활주로를 떠나는 비행기 모습이 한순간 시야에 들어오고, 다음 순간 내 앞에 동지들의 모습이 나타났다. 내 몸은 균형을 유지한 채 정확히 회전하고 착지했다.

모두 박수를 쳤다. 미나가타가 입에 손가락을 넣더니 휘파람을 불었다. 얼굴들이 밝게 빛났다.

나는 어색한 기분을 날려버리며 발을 모으고 인사를 했다. 문득 내가 얼굴을 든 채 인사한다는 사실을 깨달았다. 박순신은 만족스런 표정으로 고개를 끄덕이며 박수를 쳤다.

돌아오는 차 안에서 내일 만날 약속을 했다.

오후 다섯 시에 대학 건너편에 있는 임대빌딩 옥상에서 만나기로 했다. 작전 결행은 그로부터 30분 후, 오후 다섯 시 30분.

아기와 박순신이 마중 나오겠다는 것을 거절했다.

"마지막에는 내 발로 가고 싶어."

내가 그렇게 말하자 미나가타는 떨떠름한 표정으로 승낙했다.

"그렇지만 정말 조심해야 해."

나는 고개를 끄덕이고 말했다.

"만일을 위해 대학 앞에서 안 내리고 멀리서 내려 돌아가도록 할게."

차가 집 앞에 도착했다. 고맙다고 말하며 차에서 내려 문을 닫으려는데 박순신이 말했다.

"마음 편히 가져. 넌 우리가 목숨을 걸고 지켜줄 테니까."

동지들 얼굴을 둘러보았다. 눈에 강한 의지가 깃들었고, 어두컴컴한 차 안에서도 강렬한 빛을 발했다. 농담이 아닌 것 같았다.

나는 웃으며 말했다.

"바보 같아."

내 말에 기분이 상한 듯한 그 애들의 얼굴을 보고 아기가 즐거운 듯 말했다.

"맞아, 얘들은 바보야."

미나가타가 이 배신자! 하고 아기를 비난하고, 나는 웃으면서 문을 닫았다. 그리고 뒤를 돌아보지 않고 집으로 들어갔다. 문을 여는데 뒤에서 차가 떠나는 소리가 들렸다.

집 안에 들어가기 전에 묘하게 색기를 풍길 이 얼굴을 어떻게든 추슬러야 한다. 엄마가 또 이상하다고 걱정할지 모르니까.

그날 밤은 좀처럼 잠들지 못했다.

작전을 생각하며 긴장한 탓도 있지만, 그보다도 미나가타 일당의 세계에 본격적으로 발을 들여놓을 내일에 대한 기대 때문에 가슴이 두근거렸기 때문이다. 혹시 치르게 될지도 모를 대가에 대해서는 생각하지 않기로 했다. 퇴학을 당하건 경찰에 붙잡히건 내가 시작한 일에 대해서는 내가 책임을 지고 끝맺음을 해야 한다. 내일 이후의 일은 내일 밤 잠들기 전에 생각하면 된다. 어쨌든 나는 태어나서 처음으로 빨간 신호에 건너려 한다.

침대에서 빠져나와 책상으로 갔다. 스탠드 불을 켠 뒤 서랍 안에서 아야코 언니의 엽서를 꺼내 가슴에 갖다 댔다.

'잘 되도록 기도해 줘요. 아야코 언니.'

엽서를 서랍에 넣고 불을 끄고 침대로 돌아왔다.

쉽게 잠이 올 것 같지 않아 내일 작전을 시뮬레이션해 보기로 했다.

먼저 동지들과 임대빌딩 옥상에서 합류한다.

다음에는 임대빌딩을 나와 대학 뒷문으로 나아간다.

그리고 대학을 둘러싼 담을 넘어 안으로 침입한다.

야마시타가 벽을 넘지 못해 벽 위에서 눈물 그렁한 눈길로 나를 바라보는 모습을 상상하며 웃고 말았다. 웃음을 참으려고 이불을 덮어쓰고 베개로 얼굴을 가렸다.

그리고 나는 베개의 부드러운 촉감을 느끼면서 잠의 세계로 서서히 빠져들었다.

물론 시뮬레이션이 하나도 현실화되지 못한다는 사실은 상상도 하지 못하고.

12

11월 마지막 일요일.

평소처럼 아침 일곱 시에 일어나 바로 조깅에 나섰다.

공원에서 피루엣 연습도 했다. 돌아오는 길에 늘 그냥 지나치던 신사에 들러 손을 모아 기도했다. 돈을 가져가지 않아서 헌금은 하지 않았다.

집으로 돌아와 샤워를 하고 엄마와 둘이서 아침밥을 먹는데, 아빠가 잠옷 차림으로 식탁에 앉아 억지웃음을 지으며 말했다.

"오늘은 오랜만에 셋이서 저녁 먹으러 가지 않을래?"

너무도 절묘한 타이밍이라 정말 분위기가 어색해지고 말았다. 게다가 왜 하필이면 오늘 같은 날 이런 제안을 하는 걸까?

"미안해, 아빠. 오늘 밤에는 친구들하고 약속이 있어."

"나도 문화센터에서 사귄 친구들하고 저녁을 먹기로 되어 있어."

아빠는 그러냐고, 섭섭하지만 어쩔 수 없는 일이라고 하면서 신문을 들고 화장실로 가버렸다. 좀 안됐다는 생각도 들었지만, 모든 일이 아빠의 형편에만 맞게 돌아가라는 법은 없다. 조금씩 그런 현실을 깨달아야 할 것이다.

방에서 가볍게 원투 연습을 하고 체력 보존을 위해 낮잠을 자려 했지만, 너무 긴장한 탓에 잠도 오지 않아 사경을 하기 시작했다. 마음이 조용히 가라앉았다.

오후 세 시에 사경을 마치고 금요일에 산 옷으로 갈아입었다. 밀리터리 코트 호주머니에 아기에게 선물 받은 선글라스와 박순신이 호텔방에서 내 주먹에 감아주었던 셔츠 조각을 부적 대신 넣었다. 마지막으로 원투를 날리고 방을 나섰다.

엄마는 거실에서 화분에 물을 준다. 거실로 들어서는 나를 보고 엄마가 말했다.

"외출하니?"

"응."

나는 엄마 얼굴을 똑바로 보면서 말했다.

"다녀올게."

엄마는 내 얼굴을 빤히 들여다보고는 뭐라고 하려다가 작게 한숨을 내쉬었다. 그리고 지금까지 한 번도 본 적이 없는 밝은 미소를 지으며 말했다.

"조심해서 다녀와."

"응."

거실을 나와 현관으로 향했다.

스니커즈를 신고 오후 세 시 30분 넘어서 집을 나섰다.

역 쪽으로 걸어가다가 골목길을 왼쪽으로 돌아드는 순간이었다. 커다란 몸이 내 앞을 가로막고 서서 그냥 부딪칠 뻔했다.

"아, 죄송합니다."

그러면서 덩치의 얼굴을 바라보는 순간, 나는 그 자리에 얼어붙고 말았다. 코에 커다란 반창고를 붙였지만 분명 그 얼굴이었다. 책상 서랍 안에 이놈의 사진이 붙은 학생증이 들어 있다. 분명 '아소'라는 성이었다.

비명을 지르려고 입을 벌리는데 아소의 손이 재빨리 내 목을 낚아챘다.

"목뼈 부러지고 싶어? 이번에는 절대로 놓치지 않아."

아소의 목소리는 코에 붙은 반창고 때문인지 코맹맹이 소리였다. 그 소리에 묘하게 리얼한 질감이 배어 있어 저항할 의욕이 사라져버렸다.

아소가 내 어깨 너머로 고개를 끄덕였다. 차 엔진 소리가 서서히 다가왔다. 내 바로 곁에 승용차가 멈춰 섰다. 그리고 뒷좌석 문이 열리며 내 옆구리를 내질렀던 남자가 내렸다. 이름은 아마도 '아오키'.

"타."

아소는 손에 힘을 주고 나에게 명령했다. 아오키는 당장이라도 발길질을 날릴 기세로 나를 노려보았다. 나는 아소의 손에 잡힌 목을 겨우 끄덕였다. 아소의 손이 떨어졌다. 나는 천천히 차 뒷좌석에 올라탔다. 운전석에는 내 가방을 끌어안은 채 기절했던 남자가 앉아 있었다. 이 남자 이름은 잊어버렸다. 그때 기절했던 남자는 너글너글한 웃음을 떠올린 채 나를 바라보았다.

내 옆에 아소가 타고 아오키는 조수석에 앉았다.

차가 출발했다.

"어쩔 생각이야?"

목소리를 내는 것도 두려웠지만 겨우 힘을 내어 물었다. 아소가 대답했다.

"시끄러. 입 닥쳐."

차가 나도 모를 목적지를 향하여 달리는 동안 나는 문득 오늘 아침의 일을 생각했다. 신사의 모금함에 돈을 안 넣은 게 큰 실수였을지도.

한 시간 정도 달려서 차는 내가 잘 아는 지역으로 들어섰다. 아소는 휴대폰을 꺼내 이제 곧 도착합니다, 하고 보고한 다음 전화를 끊었다.

차가 사람들이 붐비는 에세이 대학 정문 앞을 지나 학교 건물을 따라 난 좁은 길에서 오른쪽으로 꺾어 들었다. 차는 일방통행로를 곧장 나아가더니 우리가 타고 넘을 예정이었던 그 벽을 지나 다시 우회전하여 후문 앞에 멈춰 섰다.

“까불어도 소용없어. 다치고 싶지 않으면 조용히 따라와.”

아소는 그렇게 말하고 문을 열더니 먼저 차에서 내렸다. 내가 꼼짝 않고 앉아 있자 조수석의 아오키가 빨리 내리라고 냉랭한 목소리로 명령했다. 나는 각오를 하고 차에서 내렸다.

축제 기간 중에는 폐쇄하기 때문에 후문 주변에는 오가는 사람도 없었다. 정문의 시끄러움이 믿기지 않을 정도였다. 내 키보다 세 배나 높은 철문은 안으로 잠겨 있었다.

인기척을 느끼고 후문 옆 작은 출구 부근을 바라보았다. 철문 건너편에 빨간 물체가 보였다. 스태프 점퍼를 입은 나카가와였다. 철문 틈새로 푸근한 미소를 머금은 채 서 있었다. 아소가 내 등을 떠밀었다. 나는 작은 문 쪽으로 걸어갔다.

나카가와가 자물쇠를 열고 문을 안쪽으로 열어젖혔다. 다시 아소에게 등을 떠밀려 문을 통과했다. 나카가와는 만면에 미소를 머금고 말했다.

"우리 학교 축제에 온 걸 환영해. 사실은 정문에서 VIP로 모시고 싶었지만 일이 이렇게 되고 말았네."

아소와 아오키가 문을 통과하자 나카가와는 문을 잠갔다.

"가지."

나카가와는 내가 처음 들어보는 싸늘한 목소리로 아소와 아오키에게 말했다. 두 사람이 내 등 뒤에 착 달라붙었다. 나카가와가 건물 쪽으로 걸어가기 시작했다. 등을 떠밀려 나도 어쩔 수 없이 나카가와 뒤를 따랐다.

후문에서 이어지는 긴 비탈길을 올라가서 넓은 길로 들어섰다. 길 양쪽에 있는 작은 건물 앞을 지나갔지만 사람 그림자는 찾아볼 수 없었다.

"소운동장에서 미스 에세이 콘테스트가 시작되자 사람들이 모두 그쪽으로 가버렸지."

내 시선이 사람 그림자를 찾느라 바쁘게 움직이는 것을 알아차렸는지 나카가와는 그렇게 말했다.

멀리서 마이크 소리가 들려왔다. 나카가와는 커다란 건물

모퉁이를 왼쪽으로 돌아 멈춰 서더니 내 쪽을 돌아보았다.

"아야코가 떨어진 곳이 바로 여기야."

나카가와는 감정 없는 눈길로 지면을 내려다보았다.

"어리석은 사람이야. 죽을 것까진 없었는데."

갑자기 내가 나카가와를 덮치려 하자 덩치 둘이 뒤에서 내 두 팔을 휘어잡았다.

"일류 여고를 다니는 애치고는 꽤 폭력적이네. 아니면 사귀는 애들에게 영향을 받은 탓인가?"

나카가와가 즐겁다는 표정으로 말했다.

나카가와는 다시 걷기 시작했다. 내 몸을 휘감은 팔이 풀리더니 내 등을 세차게 떠밀었다.

나카가와가 후문 출입구에서 건물로 들어가고 나도 따라 들어갔다. 복도를 20미터 정도 걸어 1층 홀로 나섰다. 나카가와가 넓은 홀 중앙에서 발길을 멈추자 나도 따라 멈춰 섰다. 눈앞에 사람들이 꽤 모여 있었는데 다들 스태프 점퍼를 입은 학생들에게 쫓겨나는 상황이었다.

"제2동의 행사는 모두 끝났습니다. 참가자 여러분은 건물에서 나가 주세요!"

실행위원 하나가 큰소리로 외쳤다. 건물에서 나가는 사람들은 나에게 눈길 한 번 주지 않았다. 용기를 내어 큰소리로 사람

살리라고 외치려다가 문득 누군가의 시선을 느꼈다. 황망히 출입구 쪽으로 시선을 던지는데 낯익은 얼굴 하나가 건물에서 나가는 것을 보았다. 착각이 아니라면 이노우에였다. 손을 들어 내 존재를 어필하려는데 나카가와가 오히려 큰소리를 지르며 내 시도를 차단해 버렸다.

"고노!"

건물 출입구 가까이 서서 관객을 유도하던 실행위원 남자 하나가 나카가와의 목소리를 듣고 달려왔다.

"무슨 일이십니까?"

"언론은 전부 들어왔어?"

"예."

"입장 규제를 시작해. 앞으로 5분 후에는 정문을 닫고 아무도 넣지 마."

나카가와가 시계를 보며 지시를 내렸다.

"알았습니다."

고노는 스태프 점퍼 속에서 트랜시버를 꺼내며 출입구로 달려갔다. 출입구 부근에서 이노우에 모습은 찾아볼 수 없었다.

나카가와는 뒤를 돌아보며 말했다.

"본부까지 동행해 줘야겠어. 축제 기간 중에는 엘리베이터를 사용할 수 없어. 힘들겠지만 참아 줘. 아가씨."

홀 옆 계단을 따라 올라갔다. 도중에 몇 사람과 스쳤지만 도움을 요청할 타이밍을 잡지 못했다. 외부인이 보이기만 해도 아소가 뒤에서 주먹으로 등을 치는 바람에 몸을 가누기도 힘들 지경이었다.

한 층을 올라갈 때마다 층계참에는 반드시 학생복 차림의 덩치가 셋씩 서 있었다. 놈들은 나카가와 얼굴을 보자마자 가볍게 고개를 숙이며 인사했다. 아마도 본부를 지키는 '경비병'일 것이다. 정말 철저한 인간이다.

6층까지 올라가 왼쪽으로 돌아들었다. 복도 끝을 향해 걸어가는데 왼쪽 소운동장에 면한 창 너머로 아래쪽 풍경이 내려다보였다. 건물 앞에 설치된 커다란 무대에서 미스 에세이 콘테스트가 열리고 많은 관객이 모여 있었다. 무대 위에서는 화려한 드레스 차림의 미스 에세이 후보들이 사회자와 인터뷰를 한다. 큰 무대 왼쪽 옆에 무대보다 조금 낮은 공간이 마련되어 있고, 그 위에 빨간색 차가 놓여 있었다. 경품으로 제공된 차일 것이다.

나카가와는 복도 맨 구석 교실의 문 앞에 멈춰 서더니 스태프 점프 호주머니에서 열쇠를 꺼내 문을 열었다.

"자, 어서."

문 손잡이를 앞으로 당기며 나카가와는 익살스런 어투로 내게 말했다. 내가 우물쭈물하는데 아소가 뒤에서 두 팔을 잡고 강의실 안으로 밀어 넣었다.

"잘 지켜."

나카가와는 아소와 아오키에게 그렇게 말하고는 혼자서 교실로 들어와 텅 빈 공간 중앙에 놓인 철제 책상 위에 열쇠 꾸러미를 던지고 의자에 앉았다. 책상 옆에는 대학 로고를 새긴 큰 종이봉투 세 개가 놓여 있었다.

"적당히 앉아 봐."

강의실 안을 둘러보니 왼쪽 구석에 접이식 철제 파이프 의자가 놓여 있었다.

"안 앉아?"

나카가와의 너글너글한 어투에 갑자기 투쟁심이 일어 의자를 들고 나카가와 책상 앞에 내려놓고 앉았다. 나카가와는 평소의 그 작위적인 웃음을 떠올린 채 말했다.

"여기 올 때 심한 대우를 받지는 않았어?"

말없이 고개를 저었다. 나카가와의 말이 이어졌다.

"그놈들, 지난번에도 가나코 짱의 가방만 뺏어 오라고 했는데 쓸데없는 짓거리를 하고 말이야. 정말 미안해. 신비의 구세주에게 구원받은 모양이더만."

"돈을 안 주니까 말을 안 들은 거 아냐?"

내가 혐오감을 잔뜩 담아 그렇게 말하자 나카가와는 어이없다는 듯이 웃었다.

"왜 웃어?"

"그런 짐승 같은 놈들에게 왜 돈을 줘야 하지? 그런데 가나코 짱은 어디까지 알아? 방금 돈에 대해 말했지?"

"……."

"혹시 다니무라 놈한테 들은 것 아냐? 그 자식, 요즘 뻣뻣하게 굴어."

나카가와 얼굴에는 우월감이 잔뜩 배어 있었다. 나는 나카가와의 물음을 무시해 버렸다.

"다니무라를 모른다고 하지는 않겠지. 아무렴 어때. 문 바깥에 있는 놈들이 왜 날 위해 이러는지 가르쳐주지. 저놈들은 모두 아메리칸풋볼 선수인데 반년 전에 놈들이 여고생을 집단 강간했어. 술에 취한 채 여자를 부원의 아파트로 데리고 가서 말이야. 엄청난 일이라고 생각 안 해?"

"……."

"그 무리에 선배 명령으로 강간에 참여한 2학년 하나가 있었는데, 그놈이 내 고등학교 후배야. 죄의식 때문에 고민하다가 내게 의논을 해 왔지. 그래서 내가 그 2학년을 달래서 사태를 수습한 거야."

"사태를 수습하다니……, 경찰에 알렸다는 거야?"

나카가와는 답답하다는 듯 고개를 저었다.

"그 여고생과 아메리칸풋볼팀의 미래를 생각해서 사건을 무마했지. 여자애를 만나 설득도 하고. 아메리칸풋볼팀 주장이 그 일로 나에게 감사하다는 뜻에서 이번에 후배들을 거느리고 돕는 거야."

"……거짓말이지?"

"거짓말?"

"당신이 사건에 대해 냄새를 맡고 일부러 아메리칸풋볼팀에 접근했을 거야. 그걸로 협박해서 자신의 야망을 위해 놈들을 부려먹는 거잖아."

나카가와는 표정 없는 얼굴로 나를 바라보았다. 나는 말을 이어 갔다.

"강간도 사실은 거짓말일걸. 당신이 그렇게 보이도록 꾸미지 않았어? 아야코 언니가 다니무라와 관계를 가지도록 꾸민 것처럼."

나카가와는 천천히 눈을 깜빡이더니 안경을 벗어 책상 위에 올려놓았다. 안경 렌즈에 차단되어 있던 본래의 눈이 직접 나를 쏘아보았다.

"사실은 이거 맨 알이야. 어릴 적에 어머니가 내게 눈빛이 너무 강렬하니까 조심하라고 했거든. 고등학교 때 처음 아르바이트를 해서 번 돈으로 안경을 샀더랬지. 그건 아무래도 좋아. 가나코 짱은 어디까지 알아? 솔직하게 대답해 주면 좋겠는데."

나카가와의 눈빛이 갑자기 바뀐 것을 알고 덜컥 겁이 나, 나는 나도 모르게 고개를 숙이고 말았다. 그때 등뒤에서 노크 소리가 들렸다. 내 몸이 그 소리에 민감하게 반응하며 마구 떨렸다. 나카가와는 내 반응을 보고 만족스럽게 웃더니 안경을 쓰고 의자에서 일어나 문 쪽으로 걸어갔다. 문을 연 나카가와는 문 밖에서 책상 옆에 있던 봉투와 똑같은 종이봉투를 받아 들고는 이게 마지막이로군, 하고 문을 닫았다. 책상으로 돌아온 나카가와는 종이봉투를 발아래 내려놓고 의자에 앉았다.

"다니무라가 무슨 이야기를 했구만. 아야코 짱 건 외에 뭘 더 알아?"

나카가와는 거기까지 말한 다음 안경을 벗어 책상 위로 던지더니 말을 이었다.

"혹시 요즘 가나코 짱과 같이 행동하는 그 수수께끼 놈들이 뭔가를 조사하기라도 한 거야?"

나카가와의 눈이 내 마음속을 꿰뚫을 듯이 빛을 발하는 것을 보고, 나는 지지 않으려고 나카가와를 똑바로 노려보았다. 나카가와는 눈가에 엷은 미소를 띤 채 말했다.

"아무래도 그런 모양이네. 역시 가나코 짱이랑 빨리 이야기를 정리해야 했어. 문 밖에 있는 놈들도 그렇게 하고 싶어 했고 말이야. 그렇지만 이상한 예감이 들어 손을 대지 말고 지켜보라고 해 뒀지. 오랜만에 내 직감이 틀리고 말았지만."

"혹시 나를 줄곧 감시했던 거야?"

나카가와는 고개를 끄덕였다.

"집 주변만. 만일을 위해서."

"우리 집은 어떻게 알았어?"

"우리 대학에 가나코 짱의 고등학교 선배가 얼마나 있는지 알아? 그쪽으로 부탁하면 학생명부 정도는 간단히 손에 넣을 수 있지."

"……."

"사실은 가나코 짱에게 전화한 다음 날, 이렇게 만났지. 전화 받는 느낌도 이상했고, 축제가 가까우니까 위험 요소를 미리 제거하고 싶었거든. 그런데 갑자기 아침에 마중을 안 오더군. 그래서 함정이라 생각하고 조심한 거야."

"이상해."

"뭐가?"

"왜 그렇게 신경을 써? 난 고작 여고생에 지나지 않는데."

"그렇지만 내 일을 방해하려 하잖아."

"고작 대학선거인데!"

나카가와는 미간을 찌푸리며 내 얼굴을 빤히 들여다보았다.

"그것도 아네. 이 짧은 기간에 정말 여러 가지로 잘 조사했구만. 하기야 너를 둘러싼 수수께끼 인물들이 조사했겠지만. 그 놈들, 아주 우수하구만. 뭘 하는 놈들이지? 나를 위해 일해 줄 수 없을까? 얼마 주고 부려먹는 거야? 아니면 몸으로 때워?"

내가 노려보자 나카가와는 농담이야, 하고 말을 이었다.

"어렵사리 여기까지 모셨으니 내가 무슨 생각을 하는지 가르쳐주지. 가나코 짱은 아까 고작 대학선거라고 말했지만, 너는 대학에 대해 너무 몰라. 대학은 사회를 움직이는 모든 권력이 싹을 틔우는 장소야. 이름을 날리는 정치가, 일류기업의 사장, 과학자, 예술가의 경력을 보면 그냥 알 수 있지. 특히 우리 학교처럼 일류라 불리는 대학에는 그런 놈들이 싹도 틔우지 못한 씨앗 상태로 모여 있어. 나는 씨앗이 어떻게 자라는지 관찰하고 싹을 잘 틔우지 못하는 놈에게 비료를 주고 싹의 단계에서 병해를 입을 것 같으면 약을 뿌려 사회의 중심으로 내보내는 역할을 하는 거야. 물론 후일 큰 나무로 자라 열매를 맺으면 그걸 수확할 생각이지만. 다니무라처럼 너무 크게 자란 나무는 가지를 쳐 주기도 하고 열매를 따서 먹기도 하고 말이야. 아, 그리고 말이야. 아래쪽에서 미스 에세이로 뽑힐 예정인 2학년은 텔레비전 방송국 아나운서로 벌써 내정되어 있어. 후일 그녀의 인맥도 아주 잘 써먹을 수 있을 거야."

"아직 콘테스트도 안 끝났을 텐데?"

내가 혐오스럽게 말하자 나카가와는 어깨를 으쓱했다.

"세상 모르는 말씀. 순위가 정해진 레이스. 그건 사회에서 통용되는 최소한의 약속이야. 힘 있는 인간이 문제없이 적절한 자리로 오를 수 있도록 서포트하는 게 뭐가 나빠?"

"말도 안 되는 소리야."

"아냐. 이런 걸 정론이라고 해."

나카가와는 단호하게 말했다.

"나약한 인간만이 비논리적인 말을 하지."

나카가와 기세에 눌려 주눅이 들었지만 나는 억지로 입을 열었다.

"결국 네가 하는 일이란 모두 공갈 협박에 지나지 않아."

"그런 말을 하다니 좀 섭섭한걸. 내가 얼마나 힘든 일을 하는지 안다면 거기에 합당한 대가를 챙기는 것도 당연하다고 생각할 거야. 반드시 그렇게 돼."

"미성년 매춘 혐의를 받는 정치가를 도와주고 대가를 받는 게 당연하다는 거야?"

"오, 모르는 게 없구만. 너무 많이 아는 것 같아."

나카가와는 손목시계를 보고 발아래 놓인 종이봉투를 발 사이로 끌어당겼다.

"아무리 위대한 인간도 한두 번의 잘못은 범해. 고작 한두 번의 잘못으로 재능을 묻어 둬서야 되겠어? 그랬다가는 이 사회의 기능이 그날로 정지하고 말걸. 우리 학교도 금방 문을 닫을 테고. 우리 학교나 학생이 얼마나 많은 죄를 범하고 사회의 룰을 깨뜨리는지 알아? 다니무라나 아메리칸풋볼팀 사건 따위는 빙산의 일각에 지나지 않아. 일류대학에 들어온 것만으로 자신이 선택받은 인간이며, 다소 죄를 범해도 괜찮다는 생각을 가지게 되지. 특히 재능을 가진 놈들은 자부심이 강한 만큼 죄를 범하기 쉬워. 간단히 말하자면 어리광을 부리는 거지. 그렇게 어리광 부리는 놈의 뒤를 닦아줄 사람이 필요하지 않을까? 그 역할을 내가 하는 거야."

나카가와는 종이봉투 안에 손을 넣어 돈을 꺼내더니 두 손으로 1만 엔권 지폐를 세기 시작했다. 나는 있는 용기 없는 용기를 다 짜내어 말했다.

"당신이 말하는 그런 사회라면 지금이라도 당장 무너지는 게 나아."

나카가와는 손길을 멈추고 즐거운 듯 웃음을 띠며 말했다.

"좋은 말이야. 사실 나도 그렇게 생각해. 지금 내가 이렇게 열심히 움직이는 것도 먼 미래의 결함투성이인 이 사회를 바꾸기 위해서야."

"말도 안 돼. 당신 같은 사람에게 누가 표를 준대? 당신이 생각하는 만큼 우리는 바보가 아냐."

나카가와는 세상에 별 이상한 짐승도 다 있다는 눈길로 나를 바라보았다.

"가나코 짱은 내가 정치를 하려는 줄 알아?"

"……아냐?"

처음으로 나카가와는 소리 내어 웃었다.

"나더러 문 밖에 서 있는 놈들이나 소운동장에 모인 놈들에게 머리 숙이며 표를 구걸하라는 거야? 제발 그런 농담은 말아줘."

"그럼 무엇 때문에?"

나카가와는 다시 손목시계를 보고 돈다발을 세기 시작했다.

"사회를 바꾸거나 움직이기 위해 딱히 정치가가 될 필요는 없는 거야. 정치가를 조종하는 쪽에 서면 돼. 정치가는 대체로 목소리가 큰 놈들이니까 나는 그놈들의 머리를 담당하면 그만이야."

나카가와는 돈다발을 든 손을 머리 쪽으로 가져가더니 관자놀이를 탁탁, 쳤다.

"도대체 뭘 노리는 거야? 뭘 하려는 거지?"

나카가와는 세던 돈다발을 책상 위에 올려놓고 말했다.

"나는 아직 정하지 않았어. 하고 싶은 일이 너무 많고 가능성도 무한해. 일단 대학원에 진학해서 말 그대로 후배들을 지도하며 잠시 씨앗을 기르기도 하고 인맥도 넓힐 생각이야. 덧붙여서 활동자금도 마련하고 싶고. 그다음에 확실한 것은 내가 다니무라의 기록을 경신하여 최연소 교수가 되는 거지. 그러기 위한 준비작업이 착착 진행되어 가. 그다음은 어떡할까. 그때쯤 되면 헌법을 개정해야겠지. 개정헌법의 초안이라도 만드는 역사적인 역할을 맡는 건 어떨까? 내가 쓸지도 모를 헌법조문 덕분에 일본군대가 당당하게 해외에 파견되면 얼마나 좋겠어. 정말 멋지다고 생각하지 않아?"

"……."

"단순히 나의 망상이라 생각해? 설령 망상이라 하더라도 그것을 현실화할 힘만 가지면 돼. 헌법조사위원회 브레인으로 있는 우리 대학의 고지마 교수 알아? 고지마 교수의 은밀한 취미는? 고지마 교수의 대학원 남학생은 예쁘장한 놈들뿐이야."

"역시 당신은 공갈 협박이 전공이야."

"내가 하는 일을 뭐라고 불러도 좋아. 가나코 짱이 쓸데없는 말만 늘어놓으며 시간을 낭비하는 사이에 나는 최단거리 코스로 목표를 향해 매진할 테니까."

나카가와는 다시 돈다발을 꺼내 세기 시작했다. 나는 나카가와를 노려보며 말했다.

"왜 사회를 바꾸려는 거지? 뭘 위해서? 누구를 위해서?"

나카가와는 손길을 멈추고 눈을 가늘게 뜨더니 아득한 눈길로 나를 바라보며 말했다.

"이 나라와 국민을 위해. 당연한 일이지."

머릿속에서 가야노가 한 말이 떠올랐다.

'수상이 되어 우리를 위해 세상을 깨끗하게 할 거라고.'

생각해 볼 것도 없었다.

나카가와는 가짜다.

내가 입을 다문 채 말이 없자 나카가와는 진지한 표정으로 말을 이었다.

"앞으로 이 세상에서는 강한 인간과 약한 인간의 격차가 점점 더 커질 거야. 그게 역사의 필연이니까. 그렇지 않아? 이 세상의 모든 것은 경쟁원리로 이루어지고, 거기에 대해 의문을 가질 수 없게 하는 시스템이 만들어져 있으니까. 그런데 가나코 짱은 자기 학교보다 성적이 안 좋은 학교 애들을 보면 우월감 안 느껴?"

나카가와는 내 마음을 다 꿰뚫어보았다는 듯 푸근한 미소를 머금었다.

"가나코 짱도 우리 쪽 사람일 텐데. 경쟁사회의 승자가 되기 위해서 있는 힘을 다하는 우리가 하루하루 허덕이며 살아가는 저쪽 놈들에게 발목 잡히는 일이 있어서는 안 돼. 그런 일이 절대로 안 일어나도록 사회를 올바르게 고쳐놓아야 해. 무슨 수단을 써서라도."

"……."

나카가와는 내 침묵이 만족스러운지 웃으며 말을 이었다.

"가나코 짱은 지금 혼란스럽겠지? 내가 미친 건 아닌가 하고 생각할지도 모르겠어. 내가 어떤 나라의 이상한 독재자처럼 보여 무섭지? 그렇지?"

나는 고개를 저었다.

"당신은 미치지 않았어. 공부만 잘하는 그냥 우등생일 뿐이야. 말 잘하고 머리가 잘 돌아가니까 늘 반장 같은 걸 맡았을 테고. 그러다 보니 다른 사람들이 늘 말을 잘 들을 거라 착각하는 거야. 그러다 그런 사람들을 깔보게 되었고, 남의 약점을 잡아 꼼짝 못하게 만드는 비겁한 수법만 배운 거야. 자신을 한번 돌아보면 알 거야. 자신에게 독재자가 될 만한 배짱도 배경도 없다는 걸."

나카가와는 표정 없는 얼굴로 나를 바라보았다. 나는 말을 이었다.

"당신 배경은 어린 시절부터 우등생이었고, 좋은 학교를 나왔고, 좋은 대학에 들어갔다는 간판 하나뿐이야. 그런 것에 속아 넘어갈 사람이 있는지는 모르겠지만, 당신 같은 사람 말을 안 듣는 사람도 있어."

나카가와는 돈다발을 책상 위에 올려놓고 말했다.

"가나코 짱, 자신에 대해 하는 말인가?"

"아냐. 나는 당신하고 똑같은 우등생이고 반장도 한 사람이야. 그렇지만 나는 알아. 선생이나 반장의 말을 하나도 안 듣는 반항아들이 있다는 걸. 우리 우등생이 만든 틀을 간단히 부숴버릴 수 있는 애들이 있다구."

나카가와는 입가에 경멸하는 미소를 머금었다.

"가나코 짱을 감싸고도는 수수께끼 인물들 말이로군. 그놈들이 뭘 할 수 있을 것 같아?"

"나를 구하러 올 거야."

나카가와는 깡마른 웃음을 터뜨렸다.

"이런 상황에서 가나코 짱을 구하러 와 봐야 무슨 이익이 있어? 돈을 받아? 아니면 몸인가?"

나는 나카가와를 노려보며 말했다.

"나랑 약속했어. 목숨을 걸고 지켜주겠다고."

나카가와는 어이가 없다는 표정으로 목을 움츠렸다.

"가나코 짱에게 좋은 걸 하나 가르쳐주지. 인간이 입에 담는 말의 90퍼센트는 거짓말이라고 생각하면 돼. 이 사회는 거짓말과 명분으로 적당히 굴러가게 되어 있어. 한때는 나에게도 속았잖아? 무슨 일을 당했으면 교훈을 얻을 줄 알아야지."

"당신은 그 애들을 잘 몰라. 이제 곧 나를 구하러 올 거야."

나카가와는 짜증스런 표정으로 손목시계를 본 다음, 책상 위의 돈다발을 종이봉지 안에 넣고 말했다.

"미안하지만 백마 탄 왕자님이 나타날 시간은 없어. 이제 곧 콘테스트가 끝나고 마지막으로 내가 자동차 경품 추첨발표를 할 때가 왔으니까."

나카가와는 의자에서 일어나 나에게 다가오며 말했다.

"가나코 짱을 문 밖에서 기다리는 놈들에게 맡길 거야. 좀 심하게 당할지도 모르겠지만 스스로 선택한 일의 대가니까 참아야지 어쩌겠어. 그때를 기념하는 사진은 앞으로 나를 위해 활용할 예정이야. 아까 가나코 짱이 말한 미성년 매춘을 한 정치가 선생님은 가나코 짱 같은 스타일을 좋아할 거야."

나카가와는 내 바로 옆에서 발걸음을 멈추더니 손을 뻗어 내 머리카락을 매만졌다.

"가나코 짱이 내 취향이었다면 힘든 일을 안 당할 수 있었을 텐데."

나카가와는 느글느글한 웃음을 머금고 그렇게 말했다. 머리 위로 피가 솟구쳤지만 나는 이 위기에서 벗어날 묘안을 찾아낼 수 없었다. 두 다리가 부들부들 떨려 의자에서 일어설 수도 없었다. 그러나 마지막 힘을 짜내 한마디 했다.

"여자를 일회용 물건처럼 생각하는 모양이네. 네 소중한 어머니가 그렇게 가르쳤어? 웃기지 마. 너 같은 놈한테는 절대로 지지 않아."

나카가와 얼굴에서 웃음이 사라지고, 눈 저 안쪽에서 냉혹한 빛이 번득이다 사라졌다.

"내가 일회용으로 사용하는 여자는 저쪽 여자뿐이야. 가나코 짱 같은. 그런데 마지막으로 하나 묻자. 왜 이렇게 깊이 파고든 거야?"

나는 있는 힘을 다해 혐오스러운 눈길로 나카가와를 노려보며 말했다.

"아야코 언니는 당신을 신뢰할 만한 사람이라고 했어."

나카가와는 이상한 생물을 보는 듯한 눈길로 나를 바라보며 말했다.

"죽은 인간이 살아 올 수 있다고 생각해?"

나카가와는 손목시계를 보며 말했다.

"이제 갈 시간이 왔네."

나카가와 손이 내 머리카락에서 떨어졌다. 터져 나오려는 비명을 억지로 누르고 그 대신에 마음속으로 외쳤다.

'나를 구해 줘!'

나카가와가 문 쪽을 보며 외쳤다.

"어이!"

문 저편에서 아무런 반응이 없었다. 나카가와는 혀를 차더니 다시 한 번 불렀다.

"어이! 뭘 하는 거야!"

이번에는 반응이 있었다. 퍽, 하는 소리와 턱, 하는 소리. 나카가와 얼굴에 어둠이 스쳤다. 나카가와는 불안한 눈길로 나를 바라보더니 이번에는 낮은 목소리로 외쳤다.

"어이, 빨리 들어와."

문이 천천히 열렸다. 나카가와의 몸이 부르르 떨렸다. 그 순간, 내 떨림은 멈추었다. 그리고 외쳤다.

"순신!"

얼굴이 피투성이가 된 순신이 눈썹 끝의 상흔을 손가락으로 긁으면서 강의실 안으로 들어와 말했다.

"늦어서 미안해. 생각보다 꽤 하는 놈들이라."

그때 나카가와가 내 목을 왼팔로 감았다. 숨이 막혔다.

"어이."

입술과 턱이 피로 물든 미나가타가 손을 흔들며 교실 안으로 들어섰다. 이어서 들어온 가야노는 눈을 왕방울만 하게 떴고, 야마시타 코에서는 피가 흘러내렸다.

미나가타가 대표로 말했다.

"자, 우리 공주님을 돌려주시지."

나카가와 팔에 힘이 들어갔다. 숨이 막혔다.

"이제 와서 무슨 의미가 있어? 조용히 넘겨줘."

박순신이 강철 같은 목소리로 말했다.

나카가와는 속삭이는 목소리로 내게 일어서라고 하더니 내 목을 감은 팔을 위로 치켜들었다. 나는 두 손으로 나카가와 팔을 잡고 매달리듯 하며 의자에서 일어섰다. 나카가와는 내 몸을 끌면서 몇 걸음 앞으로 나아가 멈춰 섰다.

박순신이 공격 포즈를 취하면서 말했다.

"더 이상 쓸데없는 짓을 하면 심하게 당하게 될걸."

내 등에 착 달라붙은 나카가와 가슴에서 쿵쾅거리는 심장소리가 전해져 왔다.

미나가타가 손등으로 턱의 피를 닦으며 말했다.

"시간을 끌 생각이야? 이 건물은 우리 팀이 접수했으니까 당분간은 아무도 접근하지 못할걸. 이제 솔직하게 패배를 인정하는 편이 좋아."

귓가에 나카가와의 짧은 웃음소리가 들려오고 목을 감은 팔에서 힘이 빠져나갔다.

"좋아, 항복하지."

나카가와 팔에서 풀려나 이윽고 자유를 찾았는가 싶었던 그 순간, 나카가와는 내 어깨를 잡아 뒤로 돌려세웠다. 눈앞에 귀신같은 얼굴을 한 나카가와가 나타나고 내 볼에서 번개가 번쩍 일었다. 뺨을 세차게 맞고 만 것이다. 갑작스런 가격에 멍하니 서 있는 것을 보고 나카가와는 음흉한 웃음을 머금었다. 본능적으로 나카가와가 나를 이용하여 무슨 술수를 부린다는 사실을 깨달았지만 때는 늦고 말았다. 그다음 순간, 이번에는 다른 상대가 내 어깨를 잡고 세차게 끌어당겼다. 쓰러지지 않으려고 뒷걸음치는 내 눈에 스태프 점퍼 안주머니에서 뭔가를 꺼내는 나카가와의 모습이 포착되었다.

나를 도우러 온 박순신의 몸이 나를 뒤로 밀쳐내는 반동 때문에 살짝 앞으로 기울었다. 스태프 점퍼 호주머니에서 나온 나카가와의 손이 박순신의 심장 부근으로 뻗어 나갔다.

13

다리가 얽혀 내가 바닥에 엉덩방아를 찧은 것과 거의 동시에 박순신의 몸이 나카가와 발아래로 무너졌다. 맥없이 바닥에 널브러진 박순신을 내려다보는 나카가와 얼굴에 엷은 웃음이 떠올랐다.

박순신이 왜 갑자기 쓰러졌는지 영문을 몰라, 나는 혼란스러운 머리를 감싸며 박순신과 나카가와를 번갈아 바라보았다. 나카가와는 박순신을 내려다보던 시선을 내 쪽으로 돌리면서 오른손을 내밀었다. 손바닥에 검게 빛나는 작은 물체가 들려 있었다.

"과연 75만 볼트의 힘은 대단해. 설명서에 심장을 노려서는 안 된다고 적혀 있었지만, 하지 말라면 더 하고 싶은 게 인간의 심리니까."

아마도 스턴 건이라는 호신용 도구일 것이다. 얼마 전에 엄마 아빠가 호신용으로 내게 사 줘야 할지 말아야 할지 의논한 적이 있던 그 물건이다.

나카가와는 오른손을 내리고 박순신 옆구리를 오른발로 내질렀다. 박순신은 아무런 반응도 못하고 그냥 쓰러져 버렸다. 내 등뒤에 서 있던 미나가타도 꼼짝하지 못했다.

나는 천천히 일어섰다. 나카가와가 박순신의 몸을 넘어 내게 한 걸음 다가섰다. 나와의 거리는 2미터 정도.

나카가와는 스턴 건을 얼굴 앞에 올리고 차가운 음성으로 말했다.

"관계하지 않았더라면 좋았을 텐데. 후회스럽지?"

후회 같은 건 안 해.

그렇지만 잠시나마 그런 생각을 한 것만은 분명하다.

'어떡하다 일이 이렇게 되고 말았을까.'

한 달 전만 하더라도 평범했던 하루가 지금 이 순간에 이르고 보니 머나먼 과거의 일처럼 느껴졌다. 흔들리는 내 마음을 알아차리고 나카가와는 입가에 경멸 섞인 미소를 머금었다.

분하다.

정말 분하다.

나카가와 얼굴에서 미소가 사라지고 지금까지 한 번도 본 적이 없던 독사처럼 날카로운 눈길이 나타났다. 내 시선은 자연스럽게 스턴 건 쪽으로 향했다. 눈치 빠른 나카가와가 내 시선을 알아차리고 손가락을 세워 좌우로 흔들었다.

지지직! 정전기 소리를 백 배로 증폭한 듯한 불쾌한 소리와 함께 스턴 건 끝에서 불꽃이 일었다. 갑자기 이 세상이 그 불꽃에 감전되어 마비를 일으킨 듯한 느낌이 들었다. 겁먹은 내 두 다리만이 부들부들 떨렸다.

나카가와가 한 걸음 내디디면서 세상은 다시 움직이기 시작했다. 겁먹은 내 다리는 나카가와에게서 조금이라도 떨어지려는 듯 뒤로 움직였다. 등이 뭔가에 부딪쳐 깜짝 놀라 뒤를 돌아보았다. 미나가타의 얼굴이 내 눈앞에 있었다. 그 얼굴에는 이 순간과 너무도 어울리지 않는 미소가 떠올라 있었다.

왜 웃는 거야?

내가 가슴속으로 외치자 미나가타는 그 말을 들은 듯 대답해 주었다.

"내가 말했었지. 우린 죽어도 죽지 않는다고."

미나가타는 그렇게 말하고 턱을 들어올렸다. 미나가타가 가리키는 방향으로 자연스럽게 시선이 움직였다. 나카가와 등뒤에서 천천히 일어서는 물체가 하나 있었다. 나카가와도 느꼈는지 갑자기 오한을 느낀 사람처럼 목을 움찔하며 고개를 돌려 뒤를 바라보았다.

완전히 일어선 박순신이 목을 좌우로 돌렸다. 뽀드득, 소리가 났다. 박순신이 말했다.

"덕분에 어깨 결림이 사라졌어."

그 순간 나카가와가 지었을 표정을 보지 못한 것이 내 평생의 회한이 될지도 모르겠다. 나카가와는 천천히 고개를 원위치로 돌리고 우리 쪽을 보았다. 얼굴에 체념 섞인 웃음이 떠올랐다. 나카가와는 두 손을 가볍게 들고 말했다.

"졌어. 이제 나를 어떡할 생각이야?"

"일단 그 장난감부터 버려." 하고 미나가타가 말했다.

나카가와는 가볍게 고개를 끄덕이더니 스턴 건을 우리 쪽으로 던졌다. 모든 주의가 공중에 떠오른 스턴 건으로 옮겨 가는 순간, 나카가와의 왼손이 움직였다. 나는 그것을 놓치지 않았다. 그리고 다음 순간, 세계는 슬로모션으로 움직이기 시작했다.

스턴 건이 바닥으로 떨어진다. 나카가와의 왼손이 스태프 점퍼 호주머니로 들어가려 한다. 박순신이 나카가와를 잡으려고 발을 옮긴다. 스턴 건이 바닥에 떨어졌다. 나카가와의 왼손이 호주머니에 들어갔다. 박순신이 나카가와에게 다가갔다. 호주머니 속에 뭐가 들었지? 뭐지?

천천히 움직이는 세계가 나에게 선택을 강요했다.

움직일 것인가, 가만히 있을 것인가.

피로 얼룩진 박순신의 얼굴이 시야에서 움직인다.

안 돼.

더는 박순신에게 상처를 입혀서는 안 돼.

세계의 속도가 정상으로 돌아오고 나카가와 왼손이 호주머니에서 나오려는 순간, 나는 움직였다.

몇 백 번(몇 천 번?) 반복하여 뇌와 몸에 배어든 그 동작은 나를 배신하지 않았다.

두 주먹을 쥐고 1미터 정도 앞에 있는 나카가와를 향해 힘껏 왼발을 밀어 넣을 때, 내 머릿속에는 오로지 한 가지 생각뿐이었다.

'저쪽 세계까지 주먹 두 개.'

왼쪽 발가락으로 바닥을 꽉 밟고 왼 주먹을 앞으로 내뻗었다. 내 돌진을 깨달은 나카가와가 방어자세를 취했지만 내 스피드를 따라잡지 못했다. 내 왼 주먹은 얼굴 앞으로 올라오는 나카가와의 두 손보다 먼저 그의 얼굴을 낚아챘다. 주먹이 이마에 명중하고 그 반동으로 나카가와의 턱이 살짝 위로 치켜

올라갔다. 나는 왼 주먹을 끌어당기며 오른발로 바닥을 차면서 놈의 턱을 조준하여 힘차게 오른쪽 스트레이트를 날렸다.

뭔가를 꿰뚫어버린 듯한 충격과 주먹에 느껴지는 가벼운 통증. 그 통증은 승리의 쾌감이었다. 눈앞에서 무너져 내리는 나카가와. 그리고 선명하게 물들어 가는 세계. 모든 것이 한순간에 일어났다. 그렇지만 내 스스로 손을 뻗어 확실히 낚아챈 것을 이 세상의 누구도 빼앗을 수 없다. 절대로.

내가 오른 주먹을 제자리로 돌려놓은 그 순간, 나카가와는 내 앞에 무릎을 꿇었다. 상반신이 전후좌우로 흔들렸다. 몽롱한 의식 속에서 바닥으로 무너지려는 제 몸을 어떻게든 붙들어 보려 애쓰는 것 같았다. 나카가와의 왼손을 보았다. 작은 나이프가 쥐어져 있었다. 날카로운 칼날이 아무런 의미도 없이 빛났다.

나카가와의 허한 눈길이 나를 바라보았다.

"난 가나코 짱이 아니라 오카모토 씨야, 알았어!"

나는 파이팅 포즈를 풀면서 말했다.

"오카모토라고 잘 외워 둬. 한 번만 더 막말하면 가만두지 않을 거야."

박순신이 나카가와 곁에 쭈그리고 앉아 나이프를 집어 등뒤로 던졌다. 미나가타는 나카가와 앞으로 다가가 쭈그리고 앉았다. 손에 스턴 건이 들려 있었다. 그리고 말했다.

"앞으로 한 번만 더 오카모토 씨한테 나쁜 짓을 했다가는 우리가 가만두지 않을 거야. 바람처럼 네 앞에 나타날 테니까."

나카가와는 얼굴을 찡그리며 고개를 끄덕였다.

"넌 잠시 잠들어 있는 게 좋겠어. 깨어나면 새로운 세계가 너를 기다릴 테니까."

미나가타가 스턴 건을 나카가와의 심장 언저리에 갖다 대자 나카가와는 피로에 전 음성으로 물었다.

"대체 네놈들은 누구냐?"

미나가타는 푸근하게 웃으며 대답했다.

"그냥 정학처분이 끝난 고삐리. 그리고 축제를 돈벌이로 이용하는 놈을 못 봐주는 사람들."

나카가와는 체념한 듯 눈을 감았다.

"잘 자. 나쁜 꿈이라도 꾸도록 해."

미나가타의 손가락이 움직였다. 나카가와의 몸이 경련을 일으키더니 꿇어앉은 자세 그대로 앞으로 쓰러졌다. 미나가타는 나카가와 머리 옆에 스턴 건을 내려놓고 뒤를 돌아보며 고개를 끄덕였다. 가야노와 야마시타가 책상 앞으로 가서 종이봉투의 내용물을 확인한 다음 하나씩 손에 들었다. 박순신은 일어서서 책상으로 다가가 위에 놓인 열쇠 꾸러미를 집어 미나가타에게 던졌다. 미나가타가 열쇠 꾸러미를 받아 들고 열쇠 종류를 조사하더니 필요해 보이는 것을 링에서 벗겨내고 나머지는 스턴건 옆에 내려놓았다.

미나가타가 일어서서 말했다.

"자, 마지막 정리를 하러 가지."

가야노와 야마시타가 문으로 달려가고 미나가타가 뒤를 따랐다. 갑자기 빠르게 움직이기 시작하는 세계를 마주하고 당혹해하는 내 등을 박순신의 손이 부드럽게 밀었다.

"아까는 고마웠어."

박순신의 손이 등에 닿는 순간, 몸의 중심으로 한 줄기 전류가 치달렸다. 온몸이 부들부들 떨렸다. 이 전류는 박순신의 몸에 남아 있던 것? 아니면?

그런 건 아무래도 좋아. 어쨌든 나는 태어나 처음으로 느껴보는 쾌감에 솔직히 반응하면서 너무 기뻐 힘껏 외쳤다.

끼얏!

끼얏!

끼얏!

문 쪽에서 미나가타와 가야노와 야마시타가 희귀한 짐승을 구경하는 듯한 눈길로 나를 바라보았다. 옆에서는 박순신이 멀뚱한 표정으로 미간에 주름을 잡은 채 나를 바라보았다.

"괜찮아, 너?"

나는 박순신의 배에 힘껏 펀치를 먹이고 말했다.

"출발!"

동지들 얼굴에 씩씩한 웃음이 번졌다.

나는 문을 향하여 달렸다.

강의실을 나서자 아소와 아오키와 그때 기절했던 남자가 테이블에 두 손 두 발이 묶이고 입은 테이프로 봉해진 채 물건처럼 널브러져 있었다.

가야노와 야마시타가 미나가타와 박순신에게 종이봉투를 하나씩 건네주었다. 자세히 보니 가야노는 등에 작은 가방을 메었다. 가야노가 두 손가락으로 탁, 소리를 내며 미나가타에게 눈짓을 했다. 미나가타는 고개를 끄덕이고 바지 주머니에서 라이터를 꺼내 가야노에게 건네주었다.

가냐노와 야마시타가 복도 끝을 향해 달렸다. 나와 미나가타와 박순신은 콘테스트가 열리는 무대가 바로 아래 내려다보이는 위치로 이동하여 창문을 열었다. 소운동장 무대에서 사회자의 목소리가 울려 퍼졌다.

"그럼 이제부터 올해의 미스 에세이를 발표하겠습니다. 발표는 심사위원장이신 다니무라 교수님께 부탁드립니다."

"멋진 타이밍!"

미나가타가 반대편 왼쪽 끝을 향해 외쳤다.

"준비됐어?"

"오케이!"

가야노와 야마시타의 목소리가 복도 저편에서 들려왔다.

소운동장에서 드럼 롤이 울려 퍼졌다. 미나가타는 내 얼굴을 보더니 진지한 표정으로 말했다.

"공주님, 테이프를 끊어 주세요."

나는 고개를 끄덕이고 미나가타가 든 종이봉투 안에 손을 넣어 돈을 거머쥐었다.

"올해의 미스 에세이는!"

다니무라의 목소리가 들렸다. 나는 돈을 묶은 고무줄을 풀었다. 드럼 롤이 멈추었다. 내 눈앞의 하늘을 향해 있는 힘을 다해 돈다발을 던졌다.

"법학부 2학년 노시마 다카코!"

관악대의 팡파르가 울리고 관객들의 박수 소리가 일어났다.

그와 동시에 복도 왼편에서 팡! 하는 파열음이 들렸다. 그리고 소운동장 하늘에 불꽃이 피어올랐다. 불꽃이 터지는 소리가 이어지고 하늘에 몇 가지 색깔이 떠올랐다 사라졌다.

관객들 시선이 하늘로 향하는 가운데 지폐가 천천히 아래로 떨어져 내렸다. 이어서 미나가타와 박순신도 돈다발을 집어던졌다. 창으로 얼굴을 내밀고 왼쪽을 보니 거기서도 지폐가 춤을 추며 아래로 떨어져 내렸다.

불꽃 소리가 멈추고 사회자가 외쳤다.

"뭐야, 저거!"

박순신은 미스 에세이에게 보내는 축의금이라고 중얼거리면서 돈다발을 던졌다.

나는 다시 종이봉지 안에서 돈다발을 꺼내 관객들 머리 위로 집어던졌다. 최초에 던진 지폐가 지상에 닿은 듯 경악에 찬 비명이 터져 나왔다.

미나가타는 돈다발을 다 던진 다음, 기대 섞인 눈길로 나를 바라보았다.

"카이사르의 것은."

나는 돈다발을 던지고 그 뒤를 이었다.

"카이사르에게."

"과연 우등생."

미나가타가 즐거운 목소리로 말했다.

"중학교 참고서에 나와."

소운동장은 돈을 주우려는 사람들이 이리저리 마구 얽히면서 공황 상태에 빠져들었다. 누군가가 무대 위로 올라가 마이크를 빼앗더니 야호! 하고 외쳤다.

"이제 서둘러야지."

미나가타의 말에 우리는 서둘러 나머지 돈다발을 집어던졌다.

다 던지고 나서 우리는 층계참에 모였다. 야마시타의 손에 1만 엔짜리 지폐 한 장이 들려 있었다.

"우리 입장료."

미나가타는 야마시타에게 1만 엔을 받아 호주머니에 집어넣고 말했다.

"자, 출발."

박순신이 앞장서서 계단을 내려가기 시작했다. 그다음으로 가야노, 미나가타, 야마시타. 내가 맨 뒤를 따랐다. 야마시타가 언제나 구를까 조마조마한 심정으로 계단을 내려가는데 층계참마다 사복 차림 남자가 네 명씩 서 있었다. 올라갈 때 보았던 사복 차림의 '경비병'은 어디서도 찾아볼 수 없었다. 사복 차림의 남자들은 곁을 스치는 동지들과 하이터치를 주고받다가, 내가 통과하자 바로 뒤를 따라 내려왔다. 나도 4층 층계참부터는 새로운 동지들과 하이터치를 했다. 탁, 탁, 손바닥이 마주치는 소리가 울리는 건물에서 우리는 바람처럼 계단을 내려왔다.

야마시타는 한 번도 넘어지지 않고 무사히 1층 홀까지 나왔다. 출입구 앞에 이노우에와 곽을 포함하여 네 명의 동지가 서 있었다. 바깥에서 문을 두드리는 빨간 스태프 점퍼 차림의 남자들이 보였다.

"나가자."

미나가타의 말에 이노우에는 고개를 끄덕이고 문을 열었다. 문이 안쪽으로 열리자 실행위원 세 명이 건물 안으로 들어왔다. 박순신이 재빨리 움직이더니 선두 중 한 명의 턱에 주먹을 날렸다. 선두 얼굴이 이상하게 뒤틀리더니 몸을 수직으로 세운 채 그냥 쓰러졌다. 박순신은 눈 깜짝할 사이에 선두와 나머지 두 명의 의식을 날려버렸다. 멍하니 서 있던 실행위원 두 명은 이노우에와 곽을 비롯한 몇 명에게 포획당했다.

미나가타가 출입구 쪽으로 움직이자 내 뒤에 있던 일행이 나를 둘러싸고 걸어가기 시작했다. 나는 든든한 방어막에 둘러싸인 채 앞으로 나아갔다.

건물을 빠져나오자 10미터쯤 앞에 무대의 판자벽이 보였다. 시끄러운 소리는 그 뒤편에서 들려왔다. 사전에 세운 작전에서는 후문 쪽으로 도망쳐 벽을 넘는 것이었다. 그렇지만 미나가타는 후문 쪽으로 향하지 않고 곧장 무대 쪽으로 나아갔다.

대체 뭘 하려는 걸까?

무대 바로 옆에 이르자 미나가타는 관객이 접근하지 못하도록 쳐 놓은 로프를 피해 오른쪽으로 돌아들더니 건물 쪽에 모여 있는 관객들을 밀치면서 무대 곁으로 갔다.

소운동장 광경이 눈앞에 나타났다. 무대 앞에서는 관객들이 돈을 줍느라 정신이 없었다. 여기저기 밀치고 주먹을 날리고 파이프 의자를 집어던지고 여자끼리 머리끄덩이를 거머쥔 채 레슬링을 하는 등 완전히 난장판이었다. 멀리서 그 광경을 지켜보는 구경꾼들이 좋아라 손뼉을 치기도 하고 야유를 보내기도 했다. 무대 쪽으로 눈길을 돌려 보니 그 위에서 내려오지 못한 출연자들과 심사위원들이 난입한 관객에 떠밀려 어쩔 줄 몰라 했다. 그 가운데 다니무라의 모습도 있었다.

그 소동 가운데서도 유일하게 조용한 분위기를 뿜어내는 장소가 있었다. 정문에서 보아 무대 왼편이 빨간 자동차가 올려진 공간이었다. 1미터 정도 높이 전시대에는 남자 몇 명이 눈빛을 번득인 채 차를 지키며 서 있었다. 전시대에 연결된 짧은 슬로프에도 남자들이 아무도 차를 만지지 못하도록 철벽 방어망을 구축했다.

전시대 주변에서 틈을 엿보며 어슬렁거리던 남자 하나가 모서리를 잡고 전시대 위로 올라가려는 순간, 경비를 서던 사람이 그 남자의 얼굴을 사정없이 손바닥으로 밀쳐 냈다. 남자는 왓! 비명을 지르며 땅바닥에 쓰러졌다. 그 모습을 지켜보던 관객들이 박수를 쳤다.

"마지막을 장식해야지."

어느새 미나가타가 내 옆에서 미소를 머금은 채 서 있었다.

"마지막을 장식해?"

묻는 나에게 미나가타는 아까 나카가와에게서 빼앗은 열쇠를 내밀면서 턱으로 차를 가리켰다.

"이런 기회도 없을 텐데 한번 타 보고 싶지 않아?"

미나가타는 턱을 내리며 나를 바라보았다. 나는 열쇠를 쥔 채 깔깔깔 웃었다.

"멋져!"

미나가타는 미소를 거둔 다음 주위를 지키는 동지들에게 말했다.

"서포터 부탁해욧!"

오케이, 아자 아자, 걱정 마, 그런 소리가 들렸다.

미나가타가 전시대 쪽으로 걸어갔다. 나는 미나가타의 뒤를 따랐다. 견고한 방어벽 속에서 나와 미나가타, 박순신, 가야노, 야마시타는 유유히 전시대로 이어지는 슬로프를 걸어 올라갔다. 우리를 맞이하기 위해 차 주위를 둘러싼 벽의 한 부분이 무너졌다. 차 앞부분이 드러났다. 보닛 위에서 양반 자세를 취한 아기의 모습도.

"아기!"

내가 차로 달려가자 아기가 보닛 위에서 내려와 내 앞에 섰다. 아기는 내 볼을 상냥하게 쓰다듬으며 말했다.

"정말 잘했어."

순간, 의식이 아득해졌지만 정신을 잃을 때가 아니라 겨우 참아 냈다.

아기는 내 손에서 차 열쇠를 받아 들고 앞문 쪽으로 가더니 열쇠로 문을 열고 말했다.

"액셀을 힘껏 밟아!"

나는 고개를 끄덕이고 아기에게서 열쇠를 받아 차에 올라탔다. 아기가 웃으면서 문을 닫아 주었다. 조수석과 뒷좌석 문이 열리고 미나가타와 박순신과 가야노가 탔다. 조수석에 탄 미나가타가 문을 닫으며 말했다.

"경찰이 올 것 같아서 애석하지만 정문은 무리야. 그러니까 후문으로 부탁해."

나는 고개를 끄덕이고 열쇠를 이그니션에 꽂아 넣었다.

나는 크게 숨을 들이쉬었다.

그리고 열쇠를 힘껏 오른쪽으로 돌렸다.

웅웅거리는 엔진, 가벼운 진동이 온몸을 감쌌다.

브레이크를 밟고 사이드 브레이크를 해제하고 동지들의 열굴을 보았다. 미나가타, 박순신, 가야노가 고개를 끄덕였다. 야마시타는 어느새 왼쪽 창으로 상반신을 드러내고는 창틀에 걸터앉아 있었다.

"위험해!"

야마시타에게 주의를 주자 금방 대답이 돌아왔다.

"괜찮아. 내가 누군데!"

미나가타는 그냥 가자고 즐거움이 가득한 목소리로 말했다.

그 말을 믿고 기어를 파킹에서 드라이브로 바꾸었다.

유리창 너머로 앞쪽이 보였다.

슬로프에는 아무도 없었다.

슬로프에서 곧장 뻗어 있는 건물과 건물 사이 길에도 사람들이 거의 없었다. 자세히 보니 동지들이 사람들을 옆으로 이끌어 길을 열어 놓은 것이다.

"간다!"

클랙슨을 누른다. 부부바바앙!

승리의 함성이닷!

브레이크에서 액셀로 발을 옮기고 힘껏 밟았다.

차는 급발진하여 슬로프를 단숨에 넘어버렸다. 지면에 닿는 순간 차체가 조금 튀어 올랐다. 그때서야 시트벨트를 매지 않았다는 사실을 깨달았지만 이미 늦었다.

포장 점포들을 양옆으로 바라보며 달려 나간다. 사람을 치고 싶지 않아 클랙슨을 울렸다. 몇 사람이 놀라서 포장 점포 안으로 뛰어들었다.

눈 깜짝할 사이에 제2동 모서리에 이르러 핸들을 오른쪽으로 꺾었다. 몸에 중력과 원심력을 느끼면서 급커브를 돌자 포장 점포가 없는 길이 나타나고 시야가 활짝 열렸다. 길에는 아무도 없다. 액셀을 힘껏 밟았다. 차는 다시금 즐거운 비명을 내지르기 시작했다.

오른쪽에 있는 제2동 벽을 따라 달렸다. 고작 2, 3초를 달렸는데 벽이 끊어지고 아야코 언니가 떨어진 인도가 시야에 들어왔다가 금방 뒤로 물러났다.

내가 지금 올바른 일을 하는 건지 아닌지 모르겠다. 그러나 아야코 언니가 하늘 저편 어딘가에서 내려다볼 것이다.

평평한 길이 끝나자 급브레이크를 밟아 차를 세웠다. 앞쪽에 후문으로 이어지는 길이 뻗어 있는데, 그 길은 50미터 정도의 느슨한 내리막이었다.

"어디서 벽을 넘을 거야?"

미나가타가 무슨 말을 하느냐는 표정으로 말했다.

"그런 귀찮은 짓을 왜 해?"

"그럼 어떻게 여길 빠져나가?"

"후문으로 나가면 되지."

"문이 닫혔잖아. 열쇠 있어?"

미나가타는 고개를 젓더니 자신만만한 표정으로 웃었다. 그리고 차의 대시보드를 가볍게 쳤다.

"열쇠는 이 차."

미나가타의 말을 이해하기까지 몇 초의 시간이 필요했다. 나는 숨을 내쉬면서 핸들에 이마를 대고 말했다.

"말도 안 돼. 그건……."

"이 차를 무사히 건너가 현금으로 탈바꿈하는 사태는 절대로 볼 수 없어."

여전히 상반신을 밖으로 내민 야마시타가 차 안을 향해 외쳤다.

"왜 안 달려! 얼마나 기분 좋은데!"

미나가타가 낮은 목소리로 말했다.

"야마시타가 어떻게 되는지도 보고 싶고."

나는 나도 모르게 웃으면서 마음을 굳게 먹고 핸들에서 얼굴을 들어올렸다.

"어떻게 되건 난 몰라!"

나는 서둘러 시트벨트를 맸다. 미나가타가 시트벨트 매는 것을 확인하고 뒤를 돌아보았다. 박순신과 가야노는 벌써 시트벨트를 매고 출발 직전의 제트코스트에 올라탄 어린아이처럼 눈을 반짝였다.

"너희들, 정말 맛이 갔어."

내 말에 박순신이 대답했다.

"그래도 좋으니까 빨리 가."

그 말에 미소로 대답한 다음, 나는 앞을 바라보며 깊이 숨을 들이마셨다.

아기의 목소리가 되살아났다.

'액셀을 힘껏 밟아.'

오케이.

망설임이 모두 사라졌다.

나는 브레이크에서 액셀로 발을 옮기고 힘껏 체중을 실었다.

엔진은 비명을 지르면서 힘차게 몸체를 앞으로 끌고 갔다. 내리막길에 들어선 차는 가속도를 내면서 주변 세계와 소리와 색깔을 모두 빼앗아버렸다. 핸들을 통해 전해지는 중력이 기분 좋았다. 한계까지 액셀을 밟았다. 스피드가 눈 깜짝할 사이에 과거를 날려버렸다. 이제 내게 남은 건 현재와 미래뿐이다. 이대로 어디로든 날아가 버리고 싶다. 어쨌든 내가 여러분을 미래로 데려갈 거야.

우리를 바깥 세계로 절대 내보낼 수 없다는 듯 한껏 높이 솟

아오른 철문이 바로 눈앞에 닥쳤다. 이대로 가속을 하여 남은 거리를 달려 부딪치면 충격은 몇 백 킬로? 몇 톤? 앞 유리창의 시야가 모두 철문으로 덮이는 아주 짧은 순간, 브레이크를 밟고 싶은 유혹을 받았다. 그렇지만 그럴 여유도 없었다.

쾅!!!!!

거인이 커다란 손으로 등을 내리친 듯한 충격이 일면서 머리가 흔들리고 세계의 윤곽이 크게 뒤틀렸다. 눈을 깜빡여 초점을 맞추려는데 하얀 물체가 눈앞에 다가와 그만 눈을 감아버렸다. 딱딱한 것 같기도 하고 부드러운 것 같기도 한 물체가 얼굴과 가슴을 때리고 내 상반신을 시트로 밀쳤다가 다시 앞으로 퉁겨 냈다.

온몸을 감싸던 속도감이 사라졌다.

아무래도 차가 멈춰 선 것 같았다.

눈을 뜨기가 두려워 뒤로 기댄 머리를 살짝 돌리고 귀를 기울였다. 그렁대는 엔진 소리뿐 달리 이상한 소리는 없었다.

"괜찮아?"

미나가타의 목소리가 들렸다.

나는 눈을 뜰 수 없었다.

"살아 있어!"

가야노의 목소리가 들렸다.

여전히 눈을 뜰 수 없었다.

"어이, 눈 떠 봐."

마지막으로 박순신의 목소리가 들렸다.

그래도 눈을 뜰 수 없었다. 그러나 큿큿큿, 웃었다. 거기에 미나가타, 가야노, 박순신의 웃음소리가 겹쳤다. 우리는 잠시 그렇게 웃었다.

미니가타가 웃음을 거두고 말했다.

"자, 이제 도망쳐야지."

나도 웃음을 거두고 눈을 떴다. 충격으로 금이 간 앞 유리창 너머에 차폭만 한 구멍이 열려 있었다. 자세히 보니 보닛 부분이 바깥쪽으로 일그러져 철문 사이에 끼었다. 원래 안으로 열리는 문이라 바깥으로 휘어지지 않아 이렇게 되고 말았을 것이다. 우연이긴 하지만 문이 북엔드처럼 차의 전진을 막아주었기 때문에 결과적으로 충돌 이후의 질주를 방지한 셈이다. 그리고 눈앞에는 핸들에서 터져 나온 에어백이 있었다. 에어백에 대해서는 한 가지 소중한 것을 배웠다. 에어백이 얼굴에 부딪치면 아프다는 사실이다.

"내리자."

미나가타 말에 고개를 끄덕이고 나서 브레이크 페달을 밟고 기어를 파킹으로 옮기고 사이드 브레이크를 당겼다. 그리고 키를 왼편으로 돌려 엔진을 껐다. 시트벨트를 풀고 키의 록을 해제한 다음 도어노브를 당겼다. 발이 지면에 닿는 순간, 무사히 차에서 내렸다는 기쁨에 폴짝 뛰어오르고 싶었지만 허리가 빼근해서 그만두기로 했다.

"그런데 야마시타는?"

차에서 내린 가야노가 문득 생각났다는 듯이 말했다. 우리도 문 주변을 둘러보았다. 충돌 순간에 반동으로 앞쪽으로 튀어 나간 것이라 생각했다. 그렇지만 야마시타는 보이지 않았다.

"이상한데……."

뒤를 돌아보던 미나가타가 갑자기 웃기 시작했다. 우리는 미나가타의 시선을 따라갔다. 가야노가 땅바닥에 꿇어앉아 배를 잡고 웃기 시작했다. 박순신은 차 문에 기대어 어깨를 들썩이며 웃었다. 나? 나는 너무 웃다가 숨이 가빠져 그만 가야노 옆에 주저앉고 말았다.

야마시타는 10미터 정도 뒤편의 관목에 머리를 박은 채 물구나무를 서 있었다. 관목에 상반신이 박혀 우리 눈에는 하반신밖에 보이지 않았다. 쩍 벌어진 야마시타의 두 다리가 마치 'V' 사인 같았다.

우리가 계속 웃는데 내리막길 위쪽에 사람들이 모여들었다. 그것을 본 미나가타가 억지로 웃음을 거두고 말했다.

"우리의 희망을 구하러 가자!"

미나가타와 박순신과 가야노가 일제히 야마시타 쪽으로 달려갔다. 나도 그 뒤를 따랐다.

그런데 우리의 희망이 누구지?

미나가타와 가야노와 박순신이 야마시타의 다리를 잡아당겼다. 이윽고 구출되어 눈물을 글썽이며 누워 있는 야마시타가 중얼거리듯이 말했다.

"죽는 줄 알았어……."

나는 야마시타 곁에 쭈그리고 앉아 코트 주머니에서 박순신의 셔츠 자락을 꺼내 상처 난 야마시타 얼굴을 닦아 주었다.

야마시타는 눈물 어린 눈으로 나를 바라보며 말했다.

"오카모토, 코피 나."

"거짓말!"

"정말 얼굴이 많이 멍청해 보여."

황망히 코에 손을 대 보니 손가락에 피가 달라붙었다. 시선을 손가락에서 동지들 쪽으로 돌리자 다들 슬쩍 눈길을 피했다.

이놈들, 알면서도 모른 척한 거야…….

내가 불평을 하려는데 미나가타가 먼저 입을 열었다.

"빨리 도망 안 치면 골치 아파질 거야."

언덕 위를 바라보니 아까보다 사람이 더 늘어나 있었다. 박순신이 야마시타에게 손을 내밀어 일으켜 세웠다. 나는 셔츠 조각으로 코피를 닦으면서 일어섰다. 우리는 얼굴을 마주 보고 일제히 문을 향해 달리기 시작했다.

미나가타와 박순신과 가야노와 야마시타는 차의 보닛 위로 뛰어올라 벌어진 철문 틈으로 바깥 지면에 내려섰다. 뒤를 돌아 차를 보니 앞부분이 완전히 찌그러졌고 헤드라이트도 박살이 나 있었다. 폐차까지는 아니더라도 수리비용이 꽤 나올 것 같았다.

"아기가 기다려. 거기까지 달려야 해."

미나가타가 선두에 서서 달리기 시작했다. 나는 그들의 등을 바라보며 달렸다. 후문 앞 도로를 지나 모퉁이를 오른쪽으로 돌아서 정문 반대방향으로 나아갔다.

좁고 긴 일방통행로를 힘껏 달렸다.

이렇게 동지들과 달리는 것, 이 얼마나 즐거운 일인가.

그렇지만 그들과 나의 거리가 점점 멀어졌다.

필사적으로 달리는데도

점점 더 멀어진다.

나도 허벅지를 높이 들어올리고 달리는데도

더 멀어졌다.

나도 열심히 팔을 흔들며 달리는데도

더 멀어졌다.

있는 힘을 다해 달리는데도.

기다려. 나를 두고 가지 마. 너희, 너무 빨라.

야마시타, 부탁이야, 제발 좀 넘어져.

아, 출구가 보인다.

그들이 어딘가로 날아가 버릴 것 같았다.

나는 멈춰 섰다.

동지들은 출구 부근에 이르러서야 내가 따라오지 않는다는 것을 알고 뒤를 돌아보았다.

"왜 그래?"

미나가타가 외쳤다.

나는 대답하지 않았다. 이유를 설명할 방법이 없다.

모두 걱정스러운 표정으로 달려왔다. 내 앞에 이르러 나를 바라보는 그들의 시선이 애절하다.

"어디 아파?"

박순신이 상냥하게 물었다.

나는 고개를 저었다.

"뭘 잊기라도 했어?"

가야노가 내 눈을 들여다보며 물었다.

고개를 저었다.

야마시타가 걱정스럽게 말했다.

"코피 나와."

나는 울기 시작했다. 좀 교활한 방법이지만 그 길밖에 없었다. 그렇지만 나는 여자니까 어쩔 수 없는 일이다.

내가 야마시타의 실언 때문에 우는 것으로 착각한 미나가타와 박순신과 아기는 야마시타 머리에 꿀밤을 먹였다. 야마시타는 애절한 눈길로 나를 보며 말했다.

"미안해."

나는 두 손으로 얼굴을 가리고 엉엉 울었다. 다시 야마시타 머리를 손바닥으로 내리치는 소리가 들려왔다.

나는 이들의 비상을 방해하고 말았다.

나는 여러분의 바람이 될 수 없어.

14

내 생애 첫 모험이 끝나고 내가 아무 일 없었다는 듯 일상으로 돌아왔다고 하면 순 거짓말이다. 돌아갈 수 없는 사정이 있었다.

축제 습격 다음 날부터 일주일간 나는 학교를 쉬었다.

왜?

코피가 멈추지 않았고 멍든 자국이 있었고 열이 나기도 했고, 그보다 얼굴이 너무 부어올라 창피해서 바깥으로 나갈 수 없었다. 오른쪽 볼은 탁구공을 문 것처럼 부풀어 올랐다. 모든 것이 에어백 때문이다.

습격 당일 밤, 집으로 돌아온 내 얼굴을 보고, 엄마는 "아, 아,

아!" 하고 세 번 외친 다음 긴 한숨을 내쉬었다.

분명 여자 프로레슬러 테스트를 받았다고 생각했던 것이다. 설명하기 귀찮아서 계단에서 떨어졌다고 했다.

학교를 쉬는 일주일 동안 나는 젖은 수건으로 얼굴을 감싼 채 종일 침대에서 지내며 아파트 공사현장 소음을 배경음악 삼아 습격 당일의 일들을 되새김질했다.

아기의 차를 타고 대학 부근을 벗어난 우리는 도야마 공원으로 갔다. 우리가 수돗물로 얼굴을 씻고 티슈를 뭉쳐 코를 막고 충돌 후유증에서 벗어나기 위해 스트레칭을 하는 사이, 습격에 참가했던 동지들이 대학을 빠져나와 하나둘 모여들었다. 모두 모인 것이 저녁 일곱 시가 지나서였다.

미나가타는 전원의 안전을 확인하고 나서 광장에 집합하라 하고는 동지들을 향해 말했다.

"작전은 대성공이었어. 여러분 덕분이야. 고마워!"

일제히 환호성을 질렀다. 나는 박수를 쳤다. 미나가타의 말이 이어졌다.

"히로시도 기뻐할 거야."

그 말에 모두 슬픈 표정을 짓고 나도 고개를 떨구었다. 미나가타는 사랑이 듬뿍 담긴 눈으로 주위를 둘러보며 말했다.

"다음 모임은 3학기 초. 그때까지 각자 최후의 목표를 위해 아르바이트에 힘을 쏟아 주길 바래. 여자에게 한눈팔지 말고."

오케이, 아자 아자, 걱정 붙들어 매, 그런 소리가 터져 나왔다.

"그럼 오늘은 이만 해산. 가야노와 야마시타에게 입장료를 받아 가도록 해."

모두 3백 엔을 받아 들고 내 쪽으로 와서 수고했다며 인사를 하기도 하고, 하이터치도 하고, 어떤 사람 흉내를 내기도 하고 돌아갔다.

"방금 그건 브루스 리 흉내야."

내 곁에 있던 미나가타가 해설해 주었다.

"다음 모임이라면, 무슨 동아리 활동을 말하는 거야?"

내가 물었다.

미나가타는 당혹스러운 표정을 지으며 미간에 주름을 잡고 말했다.

"그렇다고도 할 수 있지. 학교 쪽에서 인가는 안 났지만."

나와 미나가타와 박순신과 가야노와 야마시타와 아기는 공원에 남았다.

"저녁이라도 같이 먹고 싶지만, 오늘은 빨리 돌아가서 쉬는 게 좋을 것 같아."

미나가타가 나를 보며 말했다. 나는 고개를 끄덕였다. 벌써 얼굴이 부어오르기 시작했다.

나는 코를 막은 휴지를 빼내고 동지들 얼굴을 둘러보고 나서 말했다.

"정말 고마워……."

그 외에도 하고 싶은 말이 많았지만, 이 순간 내가 표현할 수 있는 말은 고작 그 정도였다. 다들 겸연쩍게 웃었다. 달리기에서 1등하고 칭찬받는 초등학생 같은 얼굴이었다.

나는 아기의 차 앞에서 동지들과 헤어졌다.

헤어질 때, 박순신은 내 턱에 주먹을 가져다 대고 말했다.

"좋은 펀치였어. 나라도 피하기 힘들었을 거야."

가야노가 얼굴 가득 미소를 머금고 말했다.

"즐거웠어."

야마시타는 빙긋 웃으며 말했다.

"내 이름은 야마시타(山下). 위가 아니라 산 아래."

야마시타는 미나가타에게, 오카모토 씨한테 그런 말도 안 되는 유머를 날리다니, 라는 말과 함께 꿀밤을 먹었다. 그리고 진지한 표정으로 말했다.

"무슨 일이 있으면 언제든 연락해."

차가 보이지 않을 때까지 멀리에서 손을 흔드는 미나가타, 박순신, 가야노, 야마시타에게 나도 손을 흔들어 주었다.

차 안에서는 거의 입을 열지 않았다.

피곤해? 응, 정말 좋은 놈들이지? 응, 저놈들 팀을 뭐라는지 알아? 더 좀비스. 이상한 이름.

집 앞에서 헤어질 때 아기가 말했다.

"또 와."

나는 응, 하고 고개를 끄덕였다.

거의 모든 언론이 에세이 축제 습격사건을 다루었다.

대체로 '하늘에서 돈 비가 내려 광란이 일어났다'는 식의 보도일 뿐, 그 돈이 어떤 경로를 통해 실행위원회에 모여들었는지에 대해서는 상세히 다루지 않았다. 혹시 언론 내부에 여러 대학의 실행위원 출신들이 있어서 '자율 규제'를 했는지도 모른다. 아니면 내가 짐작도 못할 깊은 사연이 있는지도 모르고.

'실행위원회와 대학 내 다른 학생조직 사이의 내분이 원인일지 모른다'는 논평 정도로 돈 비가 내린 사건은 무마되었다. 실행위원회는 돈을 회수하려고 노력했지만 결국 돌아온 것은 고작 23만 엔뿐이었다고 한다.

11월이 끝나는 밤, 미나가타에게서 전화가 왔다.

"어이, 별일 없지?"

"응, 아예 집 밖으로 안 나가니까."

"앞으로 오카모토를 노리는 일은 없을 거로 보지만, 만일을 위해서 조심해."

"응, 그럴게."

"아, 그렇지. 나카가와 놈, 이번 사건을 정리하느라 고생이 심한 모양이야. 거의 신경증 증상을 보인대."

"그렇지만 신경증 정도로 나카가와의 죄가 없어지지는 않을 거야."

"물론이지. 앞으로 좀 더 지켜보지 뭐. 지금 나카가와의 발판이 흔들리니까 여기저기서 파탄이 일어날지도 모르지."

"무슨 말이야?"

"지금까지 나카가와를 못마땅하게 여기던 놈들이 힘을 잃어가는 나카가와를 가만 내버려둘까?"

"약점을 잡힌 사람들이 반격에 나선다는 거야?"

"그런 일도 있을 수 있을 거야. 어쨌든 앞으로도 우리는 나카가와를 추적해 볼 거야. 마침내 돌아버린 나카가와가 울분을 토하려고 오카모토를 습격할지도 모르니까."

"난 괜찮아. 절대로 안 질 거야."

미나가타의 경쾌한 웃음소리가 들려왔다.

"건강해 보여서 마음이 놓여. 그렇지만 도움이 필요하면 언제든 연락해."

나는 잠시 침묵한 다음 대답했다.

"응, 그럴게."

미나가타의 말처럼 습격사건으로부터 두 주도 지나지 않아 나카가와는 아메리칸풋볼팀의 덩치들과 함께 경찰에 체포됐다. 나카가와가 말한 그 아메리칸풋볼팀의 윤간 사건이 피해자의 고소로 드러난 것이다. 혹시 더 좀비스가 뒤에서 일을 벌였을지도 모를 일이다.

일단 강간 교사와 방조혐의를 받아 체포된 나카가와는 여죄를 수사하는 도중에 여러 건의 강간 사건에 가담했다는 사실이 드러났다. 그다음은 럭비부와 축구부, 가라테부 스캔들이 언론을 통해 밝혀져 에세이 대학은 음침한 뉴스의 중심에서 헤어나지를 못했다. 그 대부분이 하반신 관련 스캔들이었다. 그렇지만 다니무라나 사세야마나 다른 대학 교수의 이름은 한 번도 나오지 않았다. 어디서 어떤 압력이 가해졌을까?

덧붙여서 나카가와는 보석도 허락받지 못한 채 판결을 기다리며 구치소에 수감되어 있다. 대학 측은 나카가와가 체포된 지 사흘 후에 나카가와의 퇴학을 결정했다.

12월 말경, 아빠 서재에 있는 컴퓨터로 에세이 대학 홈페이지에 들어가 보니 평의원회 선거 당선자 명부에 사세야마의 이름은 없었다. 더 좀비스가 신경을 곤두세우던 이시하라 류다로라는 이름은 있었지만.

습격사건에서 꼭 일주일이 지난 12월 첫째 일요일. 얼굴에서 부기가 빠진 나는 아야코 언니의 집을 찾았다.

아야코 언니의 어머니는 누군가의 갑작스러운 방문을 경계하는 눈치를 보였지만, 금방 얼굴을 알아보고 반갑게 맞아 주었다.

나는 아야코 언니의 영정과 유골이 놓인 불단에 향을 피워 올리고 손을 모았다.

아야코 언니, 봤어?

아야코 언니가 없어 외롭지만 나 힘낼게.

그런 다음 어머니와 차를 마시면서 잠시 대화를 나누었다.

"지금도 아야코가 현관문을 열고 아무 일도 없었다는 듯이 들어올 것 같은 느낌이 들어."

어머니는 쓸쓸하게 웃으며 말했다.

"그렇지만 이제는 헤어질 때가 된 것 같아. 이별 모임을 할 건데 그때 와 주겠니?"

어머니의 말에 나는 힘껏 고개를 끄덕였다.

나서기 전에 아야코 언니의 방으로 안내받았다.

"가지고 싶은 거 있으면 가지고 가. 아야코가 기뻐할 거야."

아야코 언니의 방은 깨끗하게 정돈되고 별다른 장식이 없는 간소한 공간이었다. 문득 아야코 언니가 있는 듯한 느낌이 들어 눈물이 나왔지만 이를 악물고 참았다.

나는 립스틱을 하나 가져가기로 했다. 색깔은 빨강. 나에게는 아직 어울리지 않는 색상이지만 아야코 언니 나이가 되면 반드시 입술에 바르리라 다짐했다.

"언제든 다시 놀러와."

현관 앞에서 그렇게 말하며 나를 바라보는 어머니 눈에 눈물이 그렁거렸다.

나는 애써 미소를 머금고 말했다.

"꼭 다시 올게요."

내가 인사를 하자 어머니는 눈물 어린 눈으로 이상하다는 표정을 지었다. 나도 모르게 얼굴을 들고 인사를 한 것이다. 너무 창피해서 얼굴이 빨갛게 물들었다.

"그런 인사, 요새 유행하는 거니?"

어머니는 그렇게 말하며 부드러운 미소를 지었다.

나는 다시 한 번 정식으로 머리를 숙였다.

고개를 들었을 때도 어머니 얼굴에는 미소가 가시지 않았다.

그리고 12월 첫 월요일.

평소처럼 자명종 시계가 아침 일곱 시를 알렸고, 나는 눈을 떴다. 기말시험이 가까워져 그날부터 학교에 갈 생각이었다.

그렇지만 침대에서 빠져나올 기분이 아니었다. 쉬는 동안 늘 머릿속을 떠나지 않았던 선명한 기억들이 내가 속한 무채색의 일상으로 복귀하는 것을 가로막았다. 게다가 학교에 가면 쉬는 동안 무엇을 했느냐고 난다가 이것저것 캐물을 것이 뻔하다.

노크 소리가 들려 응, 하고 대답했다. 문을 빼꼼 열고 엄마가 얼굴을 들이밀었다.

"오늘은 학교 갈 거야?"

나는 조금 망설이다가 응, 하고 대답했다. 최근 들어 수상쩍은 기운을 느꼈는지 아빠가 며칠 동안 엄마에게 나에 대해 집요하게 따지고 든다는 것이었다. 더 쉬면 집안 분위기만 나빠질 것이다.

엄마는 미소를 지으며 아래층으로 내려오라고 하면서 문을 닫았다. 나는 힘을 짜내 침대에서 벌떡 일어나 바닥에 발을 내려놓자마자 원투를 날렸다.

준비를 마치고 부엌으로 내려가 미간을 찌푸리는 아빠 얼굴을 보면서 아침을 먹는데 인터폰이 울렸다. 엄마는 이른 아침에 누가 왔을까 하고 고개를 갸우뚱하더니 인터폰을 들었다. 잠시 말없이 수화기에 귀를 기울이던 엄마가 빙긋 웃으면서 나에게 말했다.

"가나코, 나가 볼래."

이상하다고 생각하면서 현관으로 나가 문을 열었다. 사이코와 에리가 서 있었다.

"웬일이야?"

나는 깜짝 놀라 물었다.

"일주일이나 학교에 안 와서 무슨 일인가 하고……."

사이코는 살짝 고개를 숙이면서 말했다.

"지난번에는 미안."

에리는 눈물을 글썽이며 말했다.

"나 데리러 온 거야?"

내 말에 두 사람은 동시에 고개를 까딱했다. 그 모습이 너무 귀여워 나도 모르게 웃음을 터뜨리고 말았다. 내 웃는 얼굴을 보고 두 사람은 마음이 놓였는지 따라 웃었다.

"오늘은 학교 갈 거지?"

사이코가 물었다.

"물론, 잠깐만 기다려. 가방 가지고 올게."

나는 부엌으로 달려가 가방을 집어 들고 아빠 엄마에게 말했다.

"다녀올게요."

이렇게 하여 나는 내가 속한 세계로 돌아왔다.

◆ ◆ ◆

12월이 지나고 1월이 지나고 2월이 지나고 3월이 왔다.

습격 날 이래로 한 번도 만나지 않았다. 아마도 내가 원했다면 다들 만나러 와 주었겠지만 나는 그것을 원하지 않았다.

미나가타와는 몇 번 전화로 이야기를 나누었다. 마지막으로 전화통화를 한 게 3학기가 막 시작된 1월의 첫째 목요일이었다.

별다른 일은 없지? 응, 괜찮아. 무슨 일이 있으면 바로 연락해 줘. 응, 그럴게.

그런 식으로 늘 똑같은 짤막한 대화를 나누고 전화를 끊었다.

기말시험 잘 봤어? 다들 크리스마스에는 뭘 해? 설날은? 순신은 잘 지내? 가야노는? 야마시타는 어디 다친 데 없어? 아기는 변함없고?

사실은 그렇게 묻고 싶었다. 하지만 그렇게 말하면 미나가타가 분명히 만나자고 할 것이다. 그래서 나는 묻지 않았다.

3월의 넷째 화요일에 처음으로 내가 미나가타에게 전화를 했다. 무사히 졸업이 결정되었다면 축하한다고 말해 주고 싶었다. 미나가타 어머니가 전화를 받았다.

"그 애는 졸업식에도 안 가고 오키나와에 갔어."

어머니는 화난 목소리로 말했다.

"언제 돌아올지 몰라. 어제 전화로는 친구들이 사건에 말려 들었다며 그걸 해결하고 난 다음에 온다더라."

나는 나도 모르게 그만 웃고 말았다. 그러자 어머니는 애들이 대체 무슨 생각을 하는지 모르겠다고 목소리를 높였다. 나는 나무라는 줄 알고 미안해요, 하고 사과했다. 어머니는 아니라고, 학생에게 하는 말이 아니라고 하면서 웃었다.

미나가타에게 전화한 다음 날, 학교에서 돌아오는 길에 아기 집 가까이까지 갔다. 아기의 랜드로버가 있어야 할 공간에 경차 한 대가 서 있었다. 빨간색의 앙증맞은 경차를 멍하니 바라보고 있는데 뒤에서 가나코, 하고 부르는 소리가 들렸다. 뒤를 돌아보니 아기 어머니가 웃으며 서 있었다. 아기 어머니의 따스한 눈길에 그만 목이 메어 말이 안 나왔다. 그 대신에 눈물이 먼저 흘러내렸다. 나는 아기 어머니 어깨에 얼굴을 묻고 잠시 울었다. 아기 어머니는 아무 말 없이 내 등을 쓰다듬어 주었다.

내가 울음을 그치자 아기 어머니는 손에 든 쇼핑백을 들어 올리면서 말했다.

"울고 나니까 배고프지? 우리 같이 밥 먹자."

빌라에 들어가 아기 어머니와 둘이서 저녁을 지었다. 내가 쌀을 씻어 밥을 지을 동안 어머니는 참치 통조림과 달걀과 두

부를 넣은 찌개를 끓이고 호박 요리를 만들기 시작했다. 우선 마늘을 냄비에 볶고 양파를 넣은 후, 새우와 호박과 코코넛밀크와 소금과 후추를 넣고 냄비 뚜껑을 닫았다.

"이게 무슨 요리예요?"

"기나타안 카라바사, 필리핀 요리야. 호박 코코넛밀크 찜."

냄비 속 내용물이 익기를 기다리는 동안 된장국을 만들기로 했다. 그리고 양상추.

"간단하지만 맛은 좋을 거야. 그 애들도 이걸 얼마나 좋아하는지 몰라."

나는 양상추를 씻어서 찢었다.

요리가 다 되자 우리는 밥그릇과 접시를 나르고 의자에 앉았다. 테이블에 놓인 음식을 보니 그 애들이라면 좋아할 거라는 생각이 들었다.

"잘 먹겠습니다."

아기의 어머니와 나는 동시에 그렇게 말하고 밥을 먹기 시작했다. 너무 맛있어서 나는 몇 년 만에 두 그릇을 먹었다. 기나타안 카라바사는 호박의 달콤함과 소금과 후추 간이 잘 어우러져 젓가락이 절로 갔다.

저녁을 다 먹고 둘이서 설거지를 했다. 아기 어머니가 조금은 괜찮다면서 와인을 따라 주었다.

태어나서 처음으로 마시는 와인은 씁쓸했지만 싫지는 않았다. 내가 테이블에 와인글라스를 내려놓자 아기 어머니는 투우사 그림이 든 엽서를 건네주었다. 아기가 보낸 것이었다.

엄마, 투우사는 정말 멋져.

그게 전부였다.

내가 웃으면서 그림엽서를 바라보는데 아기 어머니가 말했다.

"그 애는 지금 스페인에 있는 모양이야. 세계를 둘러보고 돌아오겠대."

"언제 돌아온대요?"

"몰라."

아기 어머니는 와인을 마시면서 별 관심 없다는 듯이 말했다.

"걱정 안 되세요?"

아기 어머니는 웃었다.

"하나도 걱정 안 해. 어디 먼 곳으로 날아가는 편이 오히려 마음이 놓여. 그리고 그 애가 여러 세계에 빠져들어 조금씩 변해 갈 거란 생각을 하니 너무 즐거워."

내가 웃으면서 고개를 끄덕이자 아기 어머니는 자신의 글라스에 와인을 따르며 물었다.

"그 애들하고는 안 놀았니?"

나는 와인으로 목을 축이고 말했다.

"내가 있으면 방해만 될 뿐이에요."

"왜 그렇게 생각해?"

"술래잡기를 할 때도 난 늘 바깥으로 돌았는걸요. 룰도 모르면서 그 애들 틈에 끼어 방해만 하는 존재였을 뿐이에요."

"그 애들이 그런 말을 했어?"

나는 고개를 저었다.

"다들 마음이 상냥해서 그런 말은 하지 않지만요……."

"그래서 가나코는 어떡할 거니? 그 애들이 잠깐이라도 좋으니 같이 놀자고 손짓할 때까지 기다릴 참이야?"

"……."

아기 어머니는 강렬한 눈길로 나를 바라보며 말했다.

"가나코, 여자라고 얌전하게 그냥 기다려서는 안 돼. 먼저 술래잡기를 하자고 나서서 술래가 되는 거야. 놀이를 시작하는 게 늘 남자애여야 한다는 법은 없잖니?"

내가 얼굴을 들자 아기 어머니는 부드럽게 웃으며 말했다.

"그렇지만 가나코의 기분도 알 것 같아. 그 애들이 좀 특이하니까. 그리고 터프하지. 그렇지만 가나코 짱, 그 애들도 처음부터 터프하지는 않았어. 하늘을 날려다가 몇 번이나 추락하고 누군가에게 날개를 잡히기도 하고, 그럴 때마다 조금씩 강해져서 자유롭게 하늘을 나는 새에 가까워져 가는 거야."

아기 어머니는 일단 거기에서 말을 끊었다가 두 손을 날개처럼 펼치며 말을 이었다.

"가나코 짱도 조금씩 강해져서 그 애들이 있는 세계로 날아가 같이 놀아 봐. 정말 즐거울 거야."

4월에 2학년으로 진급하면서 나는 발레 교실에 다니기 시작했다. 물론 아빠 엄마는 심하게 반대했다. 그렇지만 나는 태어나 처음으로 내 의지로 결정을 내렸다.

처음에는 잘 움직이지 않는 몸이 참으로 서글펐지만 춤추는 것 자체는 너무 즐거웠다.

그리고 지금은 벌써 7월이다.

아침 조깅은 계속한다.

원투 연습도 계속한다. 최근에는 훅과 어퍼컷을 배웠다. 이제 본격적으로 복싱 도장에 다녀볼까 생각 중이다.

학교 성적이 떨어지지 않자 아빠 엄마는 내 발레 교습을 묵인해 주었다. 복싱 도장은 어떨까? 허락해 줄까?

어쨌든 지금은 무엇보다 빨리 펀치를 날리고 싶다.

주테를 해 보고 싶다.

〈용쟁호투〉, 〈빌리 엘리어트〉, 야마시타와 비슷한 주인공이 나오는 〈이누가이 가의 일족〉도 보았다. 모두 재미있었다. 그 세 편을 계기로 나는 영화를 많이 본다.

학교생활도 즐거웠다.

사실, 축제 습격 사건 이후로 나는 학교 내에서 '전설적인 존재'가 되었다. 미스 에세이 콘테스트를 취재하러 왔던 텔레비전 방송국이 차를 타고 달리는 영상을 뉴스로 내보냈다. 현장이 너무 혼란스러워 초점이 흐린 짧은 영상이었지만 우리 반 아이들의 눈은 속일 수 없었다.

소문을 듣고 난다가 나를 불러 진위를 캐물었지만 나는 묵비권을 행사했다. 확실한 증거가 없었기에 난다는 다섯 번 호출한 끝에 포기했다.

그 후, 내 주변에서 현실에 불만을 느끼는 애들이 모여들기 시작했다. 우리는 여러 가지 이야기를 나누었고 사이가 좋아졌고, 나와 같이 행동하기에 이르렀다.

지난주에는 처음으로 함께 록 콘서트를 즐기러 갔다. 스피커를 타고 흘러나오는 소리에 깜짝 놀라면서도 모두 얌전하게 몸을 흔들며 즐겼다. 지난주에는 작전을 짜서 덫을 놓은 결과, 전차 안에서 상습적으로 성희롱하는 치한을 붙잡았다. 우리 팀은 현재 26명이지만 앞으로 더 늘어날 것이다. 다 같이 아주 재미있는 일을 벌일 수 있을 것 같다. ……예를 들면, 이건 비밀로 해 두자.

이웃의 아파트 공사도 끝나고 소음도 사라졌다.

완성된 아파트 앞을 지날 때마다 미나가타, 박순신, 가야노, 야마시타, 아기의 얼굴이 떠오른다. 내 기억 속의 그들은 즐겁게 웃고, 달리고, 뛰어오른다. 동지들에게 때로 나는 묻는다.

'어이, 아직도 새로운 세계를 만들려고 해?'

대답 없는 독백이 너무 외로워 나는 늘 이런 생각을 해 본다.

'언젠가는 빠른 차를 타고 너희를 맞이하러 갈게.'

그래, 그들을 내 차에 태우고 하늘이라도 날아오를 정도로 빠르게 이 세계를 벗어나 내 세계로 데려올 테야. 거기에는 정신이 아찔할 새로운 모험이 우리를 기다릴 거야, 반드시.

수업이 지겨울 때, 가볍게 눈을 감고 귀를 기울여 본다.

영어 문법이나 수학 공식을 외우는 소리가 사라지고, 머릿속에서 짐승의 울음 같은 엔진 소리가 울린다.

그날의 질주가 그립다.

나는 스피드에 목마르다.